酷威文化

图书 影视

贩卖时间的商店

[韩] 김선영 著

孙文婕 译

江苏凤凰文艺出版社

目 录

001	/	第一个委托人,那家伙
019	/	贩卖时间的商店开业大吉
039	/	蜥蜴的断尾
047	/	柯罗诺斯 VS 卡伊洛斯
063	/	维护地球平衡的人
077	/	请帮我把妈妈放进冷柜
093	/	天国的邮递员
099	/	拂过白桦的风
117	/	象头神的提议

131　/　棕熊与杏花

143　/　停在一年前的时间

161　/　把我从望塔峰上撒下

169　/　时间将带你我走向何方

187　/　风之坡

201　/　想托付给未来的事情

209　/　首届"辅音与元音青少年文学奖"评语

223　/　首届"辅音与元音青少年文学奖"获奖者感言

227　/　首届"辅音与元音青少年文学奖"获奖者专访

第一个委托人，那家伙

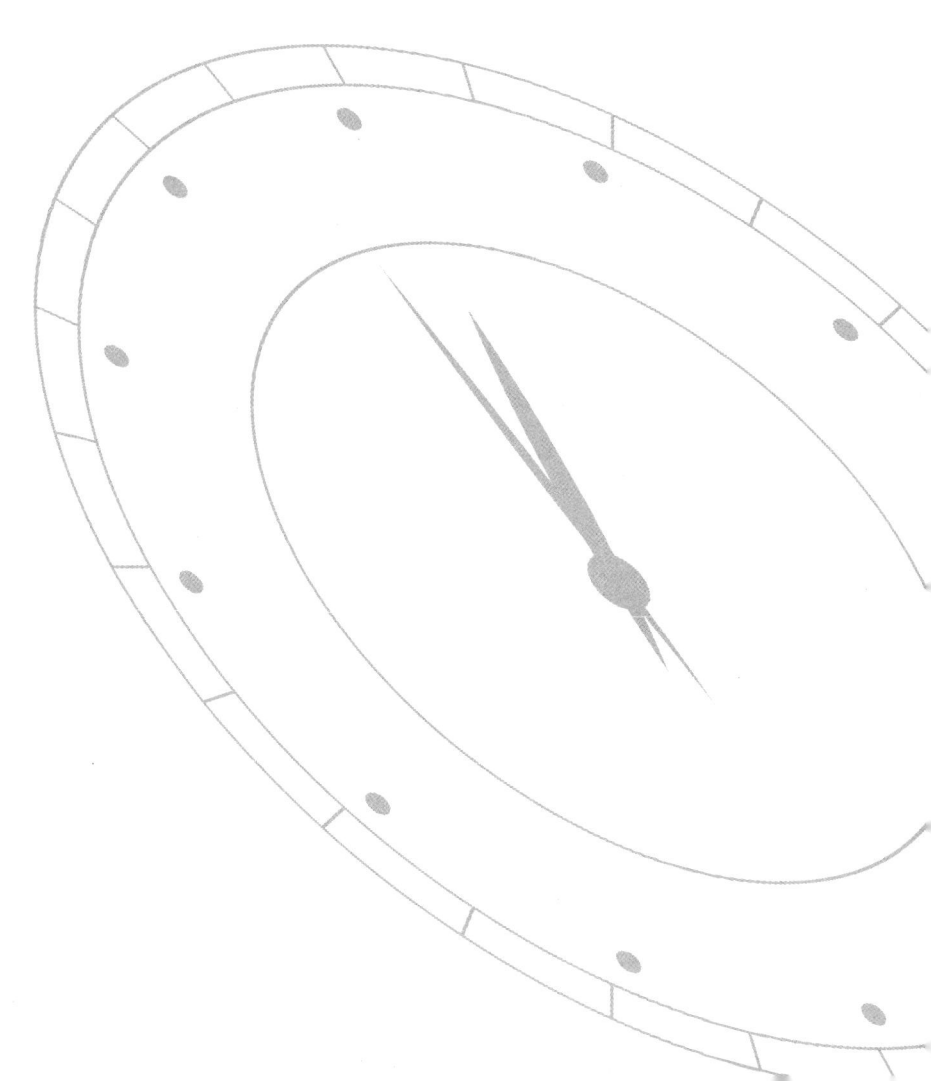

  一踏进放有储物柜的那条走廊，温祚的心便不由地怦怦直跳起来。说不定是他说谎了，也可能只是个玩笑。可越靠近储物柜，温祚的心就越发膨胀，像要炸裂一样。储物柜上的锁头板板正正地挂在上面。温祚瞬间感到一股电流穿过，头发"噌"地立起。肯定是那家伙上的锁。要知道，温祚平时并不会锁上储物柜，大多数情况下只是挂上锁头，并不会转动数字上锁，因为她嫌解锁太麻烦。事到如今，都怪自己太懒了。如今上了锁的储物柜，看起来好像装载了什么天大的秘密一般。

  欸，不会吧……

  温祚一边拨动着数字，一边祈祷这只是委托人开的一个玩笑。可如果是玩笑的话，存折上也不会有进账。转账人一栏明明白白地写着"在你身边"四个大字，一旁的款项上还追加了风险承担金。

  数字一对上密码，便传来了锁打开的声音。温祚停下了手上的动作，让自己缓口气。她闭上双眼，数到了三。希望里面什么都没有。

天啊!

被揉作一团的运动裤下隐约露出了一个东西,定睛一看,那正是最新款的PMP[①]!怎么办?温祚怕被别人瞧见,下意识地把柜门"哐"的一声给关上了。

"喂,白温祚!你柜子里有蛇吗?"

从洗手间出来的洪南珠看见了她。

这怎么行,我刚刚的动静也太明显了吧?

温祚背靠着储物柜,死死抵着柜门,好像里面有条巨蟒正拼尽全力地要冲出来似的。

"没……没……没什么,我又把英语练习册落家里了。我还以为在柜子里呢,所以没去找。"

"多大点事儿,你怎么脸都吓白了?去隔壁班借不就行了。要不在下去帮你借一本?天鹅公主[②]?"

南珠半开玩笑半真心地问。

"去吧,快去快回。若有耽搁,拿你是问。"

温祚也逗乐地顺着南珠回答道。

[①] 即Portable Media Player(便捷式媒体播放器),别名为MP4随身听、PVP。——译者注
[②] 白温祚(백은조)名字里的首尾两字与韩语"天鹅(백조)"同音。——译者注

贩卖时间的商店

"哎哟喂,你还真蹬鼻子上脸了!"

南珠说着就假装要去拽温祚的头发,然后就从放储物柜的走廊走开了。

温祚赶忙转过身去把锁头挂好,搞不好她就会被栽赃成小偷什么的。不,她现在不就是个小偷吗?"人赃并获",没有比这更确凿的证据了。

所以温祚才会在收到委托时百般推辞。

柯罗诺斯:你好,这件事我没法帮你,更何况还是把偷来的东西再放回去,这本来就够危险的了,不只是你,搞不好我也要受牵连。

在你身边:真让人失望。我还以为终于找到了苦苦寻觅的店铺呢,看来是白高兴一场。没我期待的那么好嘛。

柯罗诺斯:这位顾客,你的委托其实是我的第一笔生意。我万万没想到会遇到如此棘手的事情。你要是想利用我的店铺图谋不轨,那我就只有关门大吉了。店铺主页上写得清清楚楚:我之所以开这个店,就是想帮助别人,同时获得一些经济支持和成就感。这三样里若是有一样无法实现的话,我都不会揽下这个活的。

在你身边：店主坚守商业道德这一点很合我意啊！但这件事的的确确是符合店铺目的和宗旨的。这件事你帮定了。不，你非帮不可。

柯罗诺斯：我不懂你的意思。

在你身边：事情的原委说来话长，这样来来回回发私信也费时费力，我把故事原委通过邮箱发给你吧。啊，还有一件事，你误会了，那件东西不是我偷的。不过，信不信由你。总之，我既然插手此事，就必须负责到底。而且你和我都已知晓一部分秘密，所以我俩都无法逃脱干系，这可是板上钉钉的事实。你作为店主，已无法全身而退，这一点你应该比谁都明白吧？毕竟能在网络上开如此规模的店铺，说明你多少是通晓世道人情的。

柯罗诺斯：我说，这位顾客，你是在威胁我吗？我什么都不知道，别随便拉人下水。而且，那东西是谁偷来的我一点也不想知道。总之，这活儿我是不会接的。

在你身边：你先冷静一下，别急着下结论。我马上就给你发邮件，你看了以后会回心转意的。

此后，"在你身边"便消失了。"世上没有免费的午餐"，

贩卖时间的商店

妈妈说得没错。温祚明白世上无易事,只是没想到自己竟会出师不利。

那家伙在第二天,也就是昨天晚上发来了邮件。

　　首先,能找到委托此事的店铺,我已十分感激。我相信这家店,也相信店主。倘若店主也对我怀有几分信任的话,肯定能感受到我的真心。

　　这件事发生在一年前。人们虽已逐渐忘却,但我却始终难以释怀。我在那时失去了一个朋友,而且他就死在了我的眼前,我却只能眼睁睁地看着他死去。啊,想必店主也知道这事。因为我和我的朋友,还有店主,都在同一所学校上学。我不想重温那天早上的记忆,但为了说服店主,也别无他法。

　　那是一个平凡的早晨。你也知道,学生的生活不过是不断地重复昨日罢了。那天早上我正准备踏进校门,却发现教学楼顶楼的栏杆前站着一个人。那人只站了一小会儿,便就像下方有什么东西拉住他似的,张开双臂纵身跃下。那轻飘飘的一跃,多少有些理直气壮。不仅当着全校学生的面,甚至还特意选在了上学时间。只听见"啪"的一声,那个同学的脑袋就成了碎豆腐块，鲜血从里面汩汩流出。看清他的名牌后，我才发现他是我的同桌，他平时话很少，我们之间也基本上没什么交流。地上的尸体和我的同桌判若两人，他只喘了几口气，很快便没了气息。他的身子像条被丢在发烫的水泥地上的金鱼，扭动了几次，又恢复了平静。说实话，虽然那只是一瞬间，但我真心希望那一瞬间能快点结束。在那一刻，我能做的也仅此而已。因为在他微微颤抖的时候，我连握住他双手的勇气都没有。

学生们乌泱泱地围了上来，老师们便赶紧打发他们回教室，因此忙得焦头烂额。有的学生刚想叫救护车，立马就被一位老师制止住了，理由是怕被外界知道后会闹得沸沸扬扬。学生们觉得无语，开始奚落起那个老师来，并举起手机拍摄，还有几个学生忍不住呕吐了起来。

为什么那个同学会做出如此极端的选择，这我并不清楚，他也没表露出任何迹象。同桌生前最后的样子成了折磨我的梦魇。直到现在，每当我经过那个花坛，那天的场景都会浮现在我眼前。

去世的那个同学在出事前一天偷了一个MP3，结果在当天晚自习时暴露了行径。班主任知道后，说了一句"明天再说"，就给这事判了缓期执行。而把那个同学逼上绝路的，正是那天晚上漫长的等待。要是东窗事发的时候就挨打或受罚的话，说不定他现在还能活生生地坐在我旁边。那句"明天再说"，成了比任何一种威胁都还要严重的暴力。那个夜晚该有多漫长啊？我想，这或许就是导致那个同学自杀的原因之一。当然，里面肯定还有更加复杂的原因，但全被学校和遗属掩盖了过去。丢 MP3 的学生随即转走了，说要明天再说的那个班主任也从某天开始不见了踪影。我觉得同桌心里肯定有过某种无法忍受的愤怒，那愤怒犹如某种火源，不惹出点什么事来就会爆发。我有时也会这样——连呼吸都感觉吃力，活着这件事都变得令人难以承受——这时往往需要一点刺激。

前天，我们班又发生了同样的事情，只不过偷东西的同学、丢东西的同学和丢的物件不同罢了。我十分倒霉地目睹了这场盗窃发生的瞬间。那天我肚子不舒服，就没去食堂吃饭，可就在我踏进教室的那一瞬间，正巧看见了把 PMP 拿到手的同班同学 A。当时的我还不敢相信，直到当天晚自习开始时，丢了最新款 PMP 的同学大闹一场，班主任也慌得打了个寒战，我这才明白过来。

谁也没想到，偷东西的那个同学是个不折不扣的好学生，和去年出事的同学一样。看着 A 的脸，那天的事开始和去年的事情重叠起来。

所有人肯定都想装作不知道的样子，大事化小，小事化了。因为一旦班里发生盗窃案，任谁都会想起那个从顶楼跳下摔死的同学，每个人都惶惶不安。丢东西的同学和其他同学全都面如死灰，像犯下了杀人重罪的罪犯一般。一阵令人喘不过气的死寂袭来，气氛压抑到令人窒息，每个人既是嫌疑人，也是受害者。同学们开始神经敏感起来，要是有谁不敢正眼直视别人，他立马就会被认定为犯人。怀疑的眼神在教室里肆意游走。那天没去食堂吃饭的，只有我和A两个人。

我觉得必须让这件事尽快回到原点，而能解决此事的，只有知道一切的我。同桌生前如倒栽葱般跃下的最后一幕，始终没有从我眼前消失。我不愿再被那种渺茫的绝望感折磨。

当时，我产生了要把那个出问题的PMP拿到手的想法。至于那一刻为何会产生那种想法，我自己也不知道。

我必须躲过所有人的眼睛行事。课间休息时，A离开了位子，我像收到了信号一般，迅速下了手。从A的书包里拿出PMP后，我立马去了走廊。十分钟的课间休息仿佛逆着时间而上，将我带去了遥远的地方。我实在没办法再带着那东西回教室，必须尽快藏好物

贩卖时间的商店

证。就在那一瞬间，我突然想起贩卖时间的商店，这给了我一丝希望，我这才得以迅速行动。

你也可以反问我，"你自己去不就行了，为什么非要指使我？"确实如此，我要是能做到，当然早就做了。我在前面也写到了，我们班的氛围好比上了弦的弓，紧绷得不留一丝空隙，同学们其实都知道谁没去食堂，只是心照不宣罢了。而且就算是在归还东西的过程中失败了，也必须制造出一种完全出乎众人意料的情况，所以我才需要柯罗诺斯你的帮助。被偷的PMP已经放在你的储物柜里了。你的储物柜连锁都没锁好，而且里面乱得不成样子，果然"女同学的储物柜要比男同学的更乱"那句话不是空穴来风啊。我把你的柜子牢牢锁好了，你不会因为忘记密码而把事情搞砸吧？要是店主你到现在还不知道自己的柜子里都装了些什么的话，那就承认自己在整理东西方面很差劲吧。

请尽快把东西放在我指定的位置上，那么我们的交易也将就此终止。对了，我还加了一笔风险承担金，希望你能鼓起勇气。

附启：我以为第二个丢PMP的同学会慌张一阵子，没想到他看起来反而很平静。那个同学的不安已完全转移到了我的身上。想必这不安现在又找上柯罗

第一个委托人，那家伙

诺斯你了。请店主牢记一点，我们做的这件事情或许能挽救一个人的生命。

偏偏，第一件委托就是把赃物物归原主。温祚用双手捂住了脸。她的心仍像要炸裂一般怦怦直跳，脸也红透了。现在就为这点小事瑟瑟发抖，那以后还怎么开店啊？可她转念一想，自己这是吃了熊心豹子胆吗，竟敢闯下如此大祸，又开始后悔起来。各种想法在温祚的脑袋里纷飞。要继续，还是到此为止呢？想着想着，温祚突然想起运动裤下面隐约露出一角的PMP，各种杂念如触电一般立刻停止了。

"完蛋了，完蛋了！我真是要疯了。再怎么说也不能不经过我的允许，就擅自做出这种事来吧！所以呢？要我怎么办？那个坏家伙！"

温祚攥紧了拳头。不管怎样，这件事必须得处理好，因为她已别无选择。温祚大力摇了摇头，然后趴在了书桌上。

"天鹅公主！您这是来大姨妈了？肚子疼吗？这是怎么了，像丢了魂儿似的？"南珠问道。她爱抚般地捶了捶温祚的背。

"没事啦，就是昨晚没睡着。"温祚睁开惺忪的睡眼回答道。

她昨晚确实一宿没合眼，都是因为那家伙。"在你身边"发来的那封邮件，温祚越往下读越感觉呼吸急促，小说都不如他写得精彩。当她读到邮件末尾，发现赃物已放在自己的储物柜里时，不禁倒吸了一口凉气，差点儿就这样背过气去了。温袆出神地望着南珠，心里想道：

"要不告诉南珠吧？说不定这种时候南珠能找到更简单的法子呢？不行，不行。那样就违反合约了。这份工作的首要条件就是严格对委托人的身份或委托事项进行保密。"

她又想，要是不小心把事情给泄露出去，那自己就真的完蛋了。虽然温袆压根儿不知道委托人的真实信息，但委托人却对温袆的个人情况知道得一清二楚。在贩卖时间的商店里，温袆的相貌与个人信息全都处于公开状态。

"对了，可以把东西还给那家伙。既然他说了归还地点是七班，那他肯定是理科男生班里三十五人中的一个。可话虽如此，谁又知道他到底是哪一个呢？"

温袆似乎看见了一丝希望。不过要是把东西还回去的话，那收到的钱就得全数返还。搞不好连店铺都得关门。到手的"理想工作"眼看着就要飞走了。

温袆想起去年寒假找兼职时费的力气，多少感到有点委屈，但继续开店的话难保不会再发生这种事情，她可没信心能承受得住。温袆不知道今后能否继续接受委托、处理事情，开业时的那份霸气如今已荡然无存。

如此想来，比起物归原主，探清那家伙的真实身份要花去更长的时间。温袆又使劲搔了搔脑袋。

哎呀，到底该怎么办，已经没有时间了……

第一个委托人，那家伙

温祚目不转睛地盯着那个 PMP 所在的储物柜。只有温祚的柜子看起来凸出一块。她再次确认了一下锁头有没有锁上，似乎想借此确认锁头会不会背叛自己。

午饭时间，温祚朝七班教室走去。她觉得必须事先踩踩点，才能安心地完成任务。她的心又一次猛跳了起来。这倒霉玩意儿到底是怎么回事，只不过瞟了一眼就开始超负荷跳动，真是要抓狂了。温祚的心脏没有规律地怦怦乱跳，声音大到旁人都能听见。就这胆子，还指望自己能做成什么大事？温祚做了那么多兼职，历经千辛万苦，却独独在这件事上没信心。她反复告诉自己，东西又不是自己偷的，你只是去挽回一个错误罢了。但她的信心还是像个漏气的气球一样，顾自瘪了下去。

返还地点在二年级七班，从讲台望去的左手边第三列第四个座位。温祚偷偷在窗外打量，然后找到了那个位置。

"喂，天鹅公主！你怎么出去也不和我说一声？"

南珠说着，猛地拍了一下温祚的后背。温祚顿时觉得眼前一花，心跳差点瞬间停拍。恍惚间，竟有种一切都被南珠识破了的错觉。

"你搞什么，洪南珠，人都要被你给吓死了。"

温祚双手抱着胸口，瘫坐了下去。

"你今天，不太对劲啊？这里可是男生的地盘，你到这儿来干什么？你不会已经听说了吧？"

"听……听说什么？"温祚大惊失色，赶忙反问道。

"你怎么回事,说话都结巴起来了?你真的有点不对劲。不是说好我们之间没有秘密的吗,到底是怎么了?"

真不知该拿这直觉灵敏的洪南珠如何是好。洪南珠跑步慢腾腾,学习慢吞吞,吃饭也慢悠悠,唯独一个直觉是大家公认的快准狠。

"你刚才说听说了什么呀?"

"听说咱们班选修日语的同学要和七班合班。"

一听见七班这两个字,温祎的耳朵就像兔子一样竖了起来。一瞬间,还有股高压电流通过的酥麻感。老话说得好啊,天无绝人之路,天助自助者,太好了!老天爷果然宽厚仁慈,给我留了余地。温祎搜肠刮肚,把能想到的一切溢美之词都拿来感谢老天爷。

"据说七班选修法语的同学来我们班,而我们班选修日语的同学则要去七班。哎!是不是很激动啊?七班有个我看中的男生哦。拜托了,希望他也选了日语。"

简直是天助我也!现在只剩下一件事了——把东西安全地、神不知鬼不觉地送回原处。温祎的心又开始狂跳起来。那家伙肯定很享受这一刻。他肯定也听说了这个消息吧?那他是选了日语,还是法语呢?温祎祈祷他选的是法语,她想逃离那家伙的视线。

日语课是下午的最后一节课。温祎在储物柜里找到日语书,把那个东西夹在了书里。书本鼓起来一块,于是温祎用双手环住它，遮盖住凸起来的那部分。她的心脏剧烈跳动，像在拼命拉风箱，正好与鼻腔里喷射出的热气对上了节拍。冷静，一定要冷静。温祚突然觉得口干舌燥，嗓子冒烟。

那家伙说了，是从讲台望去，左手边第三列第四个位子。温祚着急忙慌地率先离开教室，往七班走去。其间还得躲过直觉灵敏的南珠。遍地都是雷区，不小心踏错一步就会引爆地雷，让自己粉身碎骨。所以她不得不小心翼翼，避开随时都会爆炸的地雷。

男学生们开始三三两两地从七班走出来，他们都是选修法语的学生。温祚从前门进去，站在讲台前面。她干咽一口唾沫，干燥的小舌头随即紧贴在喉咙上。大家都在忙着整理自己的座位，没人注意到温祚。温祚打量了一下要放回东西的那个位置。

咦？

又是一个出人意料的突发情况。温祚紧皱眉头，大力挠了挠头。要放回东西的那个位置上仍坐着一个男生，毕竟在自己班听课的学生也没必要换座位。如果说东西的主人选了日语的话，那就只能一直坐在自己的位置上了。这一点本该提前考虑的，但温祚根本没想这么远。她以为只要来了七班事情就能解决，光顾着高兴，结果马虎大意了。

"喂，不坐下站着干吗？来得倒是比鬼都快。你不会也在打这个班的小算盘吧？说，来这么快干什么？"

贩卖时间的商店

  不知什么时候，南珠神不知鬼不觉地紧跟了上来，用魔鬼般的声音在温祎耳边低语。温祎班上的女同学都已经陆续找到空位子坐下来了。温祎顺手把笔袋扔在了南珠旁边的座位上。先占个位子再说。温祎握住那个东西的双手满是汗水。日语书变得圆鼓鼓的，书页都松散开来，那个有问题的PMP就像见不得人的骸骨一般，即将暴露在世人眼前。东西的主人慢吞吞地整理自己的东西，温祎实在没办法收回目光，只得任由自己直愣愣地盯着他。眼看着就要大功告成，只要占领那个位子一小会儿就能完成任务了。温祎急得像热锅上的蚂蚁，任凭她怎么舔嘴唇，口水也在转眼间就干了。指尖过于用力，导致有些供血不足，指甲也因此开始发麻。

  东西的主人终于起身了。这小子，我就说嘛，他选的果然是法语。不知道他哪来那么多东西要收拾，总算慢悠悠地从位子上起身，走出了教室。丢过一次东西的人，都会染上一个病态的习惯，那就是把自己的东西看管得特别严格。那个同学多半也是因为前天丢了那个东西，才会那么仔细地收拾好自己的物品。温祎看了看南珠，要想逃离南珠的雷达，需要极尽小心谨慎之能事。南珠看起来有些六神无主，说明她看上的那个男生也在教室里，这样再好不过了。那个位置现在也空着。温祎喊了一声坐在前一个座位上的熙英，然后很自然地跨坐在那个位置上。她把日语书放进抽屉里，轻轻把PMP抖搂进去。东西顺利地滑进了抽屉里侧，然后安稳地停下。

第一个委托人，那家伙

温祚顿时感觉浑身上下无比轻快。虽然此刻的她很想大声尖叫，高呼万岁，但她立马意识到，必须尽快离开这个座位，不然很可能被当作嫌疑人。假如失主发现合班后东西竟然自己回来了，必定会怀疑坐过这个位置的人。还会怀疑是某个三脚猫小偷受不了良心的谴责，把东西给还了回去，而温祚的班级就有可能染上这种嫌疑，调查时也可能会通过排查坐过那个位置的人来缩小调查范围。温祚心想，就凭自己今天这个状态，要是被污蔑成小偷的话，肯定会一股脑儿和盘托出。光是想想就足够让人不寒而栗了。

温祚快速挪到了南珠旁边的位置，一把把她揽进怀里。

"你搞什么，突然这么肉麻。我喜欢男生哦。温祚，你看那边那个人。他就是我看中的男生。他也选了日语，这简直就是天赐良缘啊！我以后就全指望着日语课度日了。"

那个男生长得很俊秀，皮肤白皙，两道浓眉，一双深邃的眼睛透露出一种神秘感。也难怪南珠会喜欢。在温祚眼里，那个俊秀的少年和身旁兴奋地盯着他看的南珠，全都可爱极了。

贩卖时间的商店

开业大吉

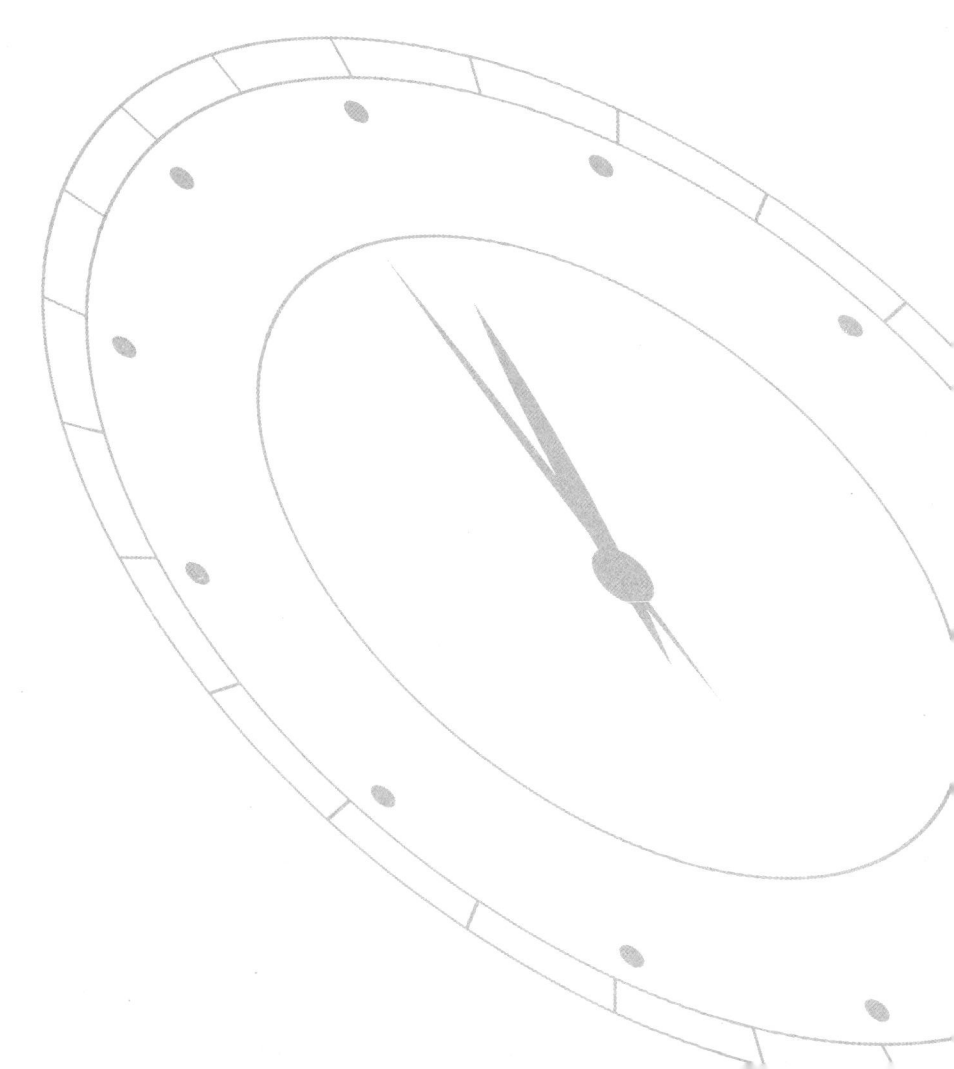

"温祚,今天是爸爸的忌日,你没忘记吧?"

啊,对了。怪不得妈妈一大早就忙里忙外的,原来今天是爸爸去世五周年的忌日。温祚的爸爸在温祚小升初入学后没过多久就因事故去世了。爸爸曾是消防员,是能从房屋崩塌后的废墟里绝路逢生的不死鸟。

那年春天旱魃为虐。五月的某天凌晨,风裹挟着沙尘唰唰作响,爸爸在赶往火灾现场的途中不幸遭遇飞车狂,从此再也没回家。

闺女,想先说声对不起。

对不起,没怎么陪伴你,对不起,让你这么小就要经受失去父亲的悲伤。

一想到温祚今后没有爸爸了,我就心如刀割。但死亡要是将你我拆散,那我们也只有接受现实这一选择。

我的乖女儿,假如你读到这段话的时候比我预想的还要早,

希望你能记住一件事,

那就是,爸爸也想留在你身边当一个有趣的父亲,奈何事与愿违。

爸爸害怕自己走后,你就要背上生活的重担,实在是于心不忍。

但同时,爸爸作为一名消防队员,

始终祈祷自己能成为一名恪尽职守的队员,不让任何人因无法逆转的时间而痛苦。

希望你记住,爸爸走的路就是爸爸所做的最佳选择。

希望你记住,即便是在最后时刻,爸爸也无怨无悔,心甘情愿。

温祚,

人生就是活在"现在",或许人生也因此而更显美丽与可贵。没有什么是永恒的。爸爸只不过是比别人早走一点罢了,希望我的小温祚能接受这一点,别伤心太久。

爸爸只有一个愿望,那就是希望温祚你能做自己人生的主人。爸爸相信,不管你做什么事,不管你遇

到什么难关，你都能乘风破浪，通行无阻。

　　实在是写不下去了。白温祚，爸爸的眼泪都出来了。此刻，研修院后院里的月亮又大又圆，我写这段话的时候不知瞟了那月亮多少回。月光如此明亮，可爸爸竟然哭了。温祚，爸爸爱你。还记得你小时候吵着要摸月亮，爸爸就给你蒸了一笼包子，你摸了摸热乎乎的大包子，吓了一大跳，问我月亮怎么这么烫。一想起这个，我又忍不住笑了，哈哈。

　　这是爸爸在当消防员的时候给温祚留的遗言。进修期间有个项目就是提前写遗言，而爸爸写的最后竟成了真的遗言。每每想起爸爸的遗言，温祚总是会想起黄灿灿的大月亮和热气腾腾的包子，心里顿时温暖了起来。

　　就像爸爸祈祷的那样，他因为某个人被提前带走了。但那并不是爸爸预想的那种死亡。

　　在送爸爸上路时，妈妈拼命捶打着自己的胸口，说她喘不上气来，前后晕过去好几次。当时的温祚很害怕。她在刹那间明白了，原来深爱之人的离去会让活着的人满心愧疚，并痛苦到极致，浑身上下没有一个地方不作痛。这就是生与死的区别吗？爸爸舒舒服服地躺在那儿，可活着的妈妈与温祚却要承受难以承受的酸楚。妈妈和温祚互相道不出一句安慰的话语，甚至连对方的眼睛都不忍直视。

妈妈因为心窝疼，好长时间都吃不进东西。悲伤就像用盐腌制蔬菜那样，浸腌了妈妈，她仿佛再也不会笑了。看到如花似玉的妈妈悲伤到极点，而爸爸化为白灰一去不返的痛苦实在是过于炙热，以至于温祚一到春天，就会觉得连呼吸都变得困难起来。

春天每年都会来，都是那么明媚耀眼……所以悲伤之情更甚。

妈妈失去了活下去的理由，好几年春天都在悲伤中度过。而且妈妈知道，温祚到死都摆脱不了没有爸爸这个事实，所以经常会无言地抚摸温祚的头。温祚也会无言地拥抱妈妈。

有一天，妈妈看着爸爸的照片冷不丁吐出一句：

"坏蛋！"

从此以后，妈妈便不再为一些小事哭泣了。

妈妈经常看着温祚，说她长得像极了爸爸。她还说，温祚那看见别人有困难绝不会视而不见的性格更是和爸爸如出一辙。温祚上幼儿园那会儿，每天都把放学后要独自在家的朋友带回家一起玩耍；刚上小学，就义无反顾地为胳膊骨折的朋友拿书包。每天一到下课时间，也没见有谁使唤她，温祚就自己找上门去，乐呵呵地替朋友拿书包。

不过，温祚可不是那种温顺乖巧的小绵羊。要是遇见了什么不讲理的事情，她也会表现出冲动易怒的一面。比如，要是有同学未经允许就动她的东西，搞坏了却连一句道歉的话也没

贩卖时间的商店

有，或者有人故意抓住一点话柄就过分取笑逗乐时，温祚都会毫不犹豫地挥出拳头或扯对方的头发。不过，这些童年逸事都已经是过去式了。

温祚小时候的梦想是成为一名保镖，因为保镖看起来帅气十足。他们身着黑色西装、挂着耳机，时刻对周遭保持警惕的样子，在温祚眼里甚至可以用崇高来形容。说不定，贩卖时间的商店就是她儿时梦想的一个延续。

温祚从去年寒假便开始兼职。虽然这其中也包含她想和妈妈一起替爸爸把未完的人生活下去的决心，但更多的还是出于能替妈妈分担一点是一点的想法。妈妈在市民团体①里工作，那里的财政状况不容乐观，窘迫到连全勤奖都发不出。

好像有句话叫"天不遂人愿，事常逆己心"。温祚早就见识到了这个社会有多么冷酷绝情，犹如惊涛骇浪肆虐的大海。

温祚最早是在一个面包店里兼职。起初，温祚觉得兼职地点交通便利，活儿也不累，以为自己捡到了宝，后来才发现，原来这只是冰山一角——面包店店长心眼极小。难怪有传言说，那家店的兼职员工都待不过一个月。在店里不能接私人电话是基本要求，即便没有客人也不能坐下，而且店里压根儿就

---

① 韩国的市民团体为民间自发组建的非政府组织，主要进行与社会改革、社会福利、环境、人权等相关的工作。——译者注

没有椅子。

最让人难以接受的是，昨天没卖完的面包第二天还会继续卖，而店铺玻璃门上明明白白纸黑字地贴着"只卖当天制作的面包"这几个大字。这还没完，店里还挂着"食物银行"的认证标志——将剩余食物捐赠出去献爱心，那也只不过是个幌子罢了。连库存的商品也统统卖得一干二净，哪里还有剩的面包可以捐出去？这些全都是流于形式的把戏罢了。温祚的正义感让她已无法忍耐下去。

"那个，店长，这个不是昨天卖剩下的面包吗？"温祚从库存商品里拿出一包酥饼，朝店长问道。

正在摆放面包的店长吓得一激灵，随即又翻着白眼说："你啊，照我吩咐的去干就行了。没事别在这不懂装懂。"

"这个要是今天也能卖，岂不是要把门上贴着的那句话撕下来？这难道不是欺瞒顾客的行为吗？"

突然，面包一个个都飞上了天。原来是店长抓起满是面包的托盘扔了出去。面包朝温祚的脸飞去，还有几块砸在了她的肩膀和胸膛上，幸好沉甸甸的木头托盘没把她的脑袋砸开花。刚才那一幕简直就是天降面包霹雳！温祚当场就脱下了围裙和帽子。忍无可忍，无须再忍。她找来一张便利贴，写下银行账号和应得的薪水，递给了店长。店长"哼"地冷笑一声，意思是门儿都没有，接着把头一扭，对温祚不予理会。

"这几天我又不是在这献爱心，请您照数把工资打给我。"

温祚把便条塞进店长的手里，然后就迅速走出了店铺。她觉得心里舒服多了。

"喂！给我站住！屁大点的小毛孩竟敢教我做事？你休想拿到一分钱！"

背后传来了店长急赤白脸的喊叫声，但温祚还是头也不回地走了。虽然她很想回过头问一句"你见过这么大的屁"，往火上浇点油，但她觉得多说一句话都是浪费。大吵大闹就为克扣兼职员工的一点薪资，这样的店主让她觉得可怜。哼，我白温祚可不是这么好欺负的。

而这只不过是宣告轰轰烈烈的兼职之旅开始的信号罢了。

"白温祚，你做得对。那人真坏。"

那天傍晚，温祚拖住下班回家的妈妈，告诉她兼职黄了的事情，妈妈听后激动地骂了店长。温祚每次说话时，妈妈都会从头听到尾。她的朋友们大都会抱怨无法与爸爸妈妈沟通，可温祚并不这么觉得。妈妈从不打断她，而是等她把心里那些纠缠不清的念头统统说出来后，才心平气和地讲出自己的想法。委屈和生气的情绪已经借着话语发泄过了，所以每次和妈妈的对话才会如此顺利，温祚也因此喜欢和妈妈谈天说地。有时，她会紧紧跟在妈妈身后讲述在学校里发生的事情。妈妈一边忙着家务活，一边也不忘应和她。每当温祚遇到令她十分生气或伤心的事情时，妈妈都会不由分说地站在她那边。因为妈妈知道，只要温祚话一变多，不停絮絮叨叨，那就意味着她需要有人站在自己这边。

"那个店长真是掉钱眼里去了。行事伪善,只知道包装自己,最后还不是为了挣钱。你有没有被吓到啊?什么叫趁他好好说话的时候?那个店长的脾气真是差劲!我们温祚不愧是白济的闺女。"

爸爸的名字就叫白济。爸爸说既然自己是白济,那女儿当然得叫温祚①了,所以才给她取了这个名字。温祚从小学起就有很多外号,"天鹅公主""百济的女儿"等,大家都这么喊她,但当她说出自己的爸爸真叫白济时,他们又不相信了。真的?没骗人?语气里满是不敢相信,问了一遍又一遍,直至最后一个个都笑开了花。"嚯,你爸爸可真厉害,怎么会想到给女儿起名叫温祚啊?"大家添油加醋地说了不少,解开了对"温祚"这个名字的疑惑。就算同学们对她的名字说三道四,温祚也毫不在意。因为这个让人印象深刻的名字,老师们很快就记住她了,连好久不见的小学、中学的朋友们也会喊着"你不是那个,百济,白温祚吗",把她的名字连同爸爸的名字一起给记住了。

几天后,温祚给店长打了电话,质问他为什么还没给结算

---

① 白济(백제)的韩语音同百济(백제),百济为朝鲜三国时代中的一国,温祚则为百济首代君王名。——译者注

工资，店长一句话都没说就挂了电话。温祚又拨了回去，让他多多谅解，要是再不打工资自己就会去劳动部告他。凭她那时的血性，被逼急了真能举着"恶意拖欠兼职工资"的牌子上街示威。结果第二天工资就到账了。

就这样，温祚的第一个兼职工作只做了三天就泡汤了。她想趁高一寒假结束前，再找到一份正儿八经的兼职，好好干下去。

第二份兼职是在越南米线店。温祚有一天和南珠去市里玩，碰巧看到米线店招兼职的告示，于是进去试了试，结果老板在二人中更看好温祚，就让她准备好相关材料来上班。温祚心想，只要不是上回面包店店主那种人，管他什么活、什么人，自己都能应付。南珠噘着嘴，闹起了小情绪，她觉得这家店以貌取人，肯定比上回的面包店好不到哪去，于是怂恿温祚别去。可米线店店主的面相很合温祚的意，看起来既不小心眼，也不吝啬，更不像那种会欺瞒顾客的人。温祚把这想法告诉了南珠，南珠却不怎么看好，还说日久见人心，让她别这么快就下结论。

店里的大厅很宽敞，同时有好几个服务生在忙来忙去。温祚在这里流下了人生第一滴鼻血。那是兼职开始后的第三天，温祚正用手转动着清洗满是泡沫的玻璃杯，鼻血"啪"的一声就滴了下来。温祚甩了甩满手的泡沫，擦拭了一下鼻子，这回俩鼻孔全流血了。厨房里热浪滚滚，抽油烟机正疯狂转动着，经理大声传达着顾客点的菜品——现在正是忙得焦头烂额的时候，自己怎么能流鼻血呢！

"喂，白温祚，你流鼻血了。"刚从大厅回收完空盘的经理对温祚说道。

温祚吓了一跳，转过身去又擦了擦鼻子。她迅速用纸堵住鼻孔，转身又把手伸回了洗碗池。

"你呀，当初说周末两天都可以全天兼职的时候，我就看出来了。你这丫头，应聘兼职的人那么多，你知道为什么偏偏选中了你吗？原本看你那弱不禁风的身子骨，再加上两条麻秆腿，肯定端不动盘子。若不是看你眼神坚定，觉得这孩子是个有骨气的人，才不会要你呢。不过我还是看错你了。动不动就流鼻血，岂不是很快就要病倒了，这样我还怎么敢用你呢？"

偏偏这种时候回回都能被经理撞见。

温祚舒展开紧锁的眉头，转过身去，朝店主嬉皮笑脸地说：

"应该是还没适应吧。我这辈子还是头一回流鼻血，平时真不这样！流一会儿就不流了。"

店主用手绢蘸了蘸水，为温祚擦去了嘴巴周围的血迹。

与温祚一起兼职的一个前辈姐姐能端着小山似的盘子，泥鳅一般敏捷地穿梭在大厅和厨房之间，此刻，她见状朝着经理和温祚调侃道：

"经理你也太宠温祚了，真是明目张胆的偏心。"

没错，前辈哥哥姐姐们对温祚很好，经理也是，店主还会时不时地给他们带零食，对他们关心不已。这家越南米线店里的人情味十分浓郁。一切都很好，美中不足的是温祚的体力不够。米线店的兼职是个苦力活，对体力要求高。温祚的鼻血流个不停，直到有一天因为贫血晕倒了，她才不得已又终止了第二个兼职。

　　温祚连续几天都要躺在床上打吊瓶。

　　"温祚，不兼职也没关系的。妈妈更希望你用兼职的时间读点书，学会儿习。你说要兼职的时候妈妈并没有拦你，那是因为妈妈想让你去体会世间百态。有了这两次经历，虽说不是千锤百炼，也算是看过大风大浪咯！哈哈哈……"

　　妈妈看着床上那个黄了兼职、打着吊针的女儿，不仅没有怪她，反而替她叫好。

　　"妈妈，别拿我打趣了。"

　　妈妈收回笑容，接着说：

　　"问题在于你一开始就遇见了这么锻炼人的兼职，就当作是个学习人情世故的好机会吧。面包店和米线店的经历其实各有各的好处。小公主，世上没有免费的午餐。这个东西有它的好，那个东西有它的弊，鱼和熊掌不可兼得。而且凡事皆有代价，过于安逸的事情总会有难办的地方，过于辛苦的事情也会有让你感到宽慰的一面。"

　　"没错，好像确实是这样。"

温祚点了点头。妈妈轻抚着温祚的头，说：

"我们温祚流了那么多鼻血，可得好好补一补了。这个寒假经历了大风大浪，感觉如何呀？说两句感想呗？哈哈！"

"妈妈，我是认真的。看到自己这么弱，你知道我对自己有多失望吗？我想明白了，不管做什么事情，身体一定要好。另外，我还思考了关于时间的问题。兼职一般都是按小时算钱，我才知道，原来付出时间能换来钱。而且，还能根据一个人的时薪高低看出他的身份地位。"

"具体怎么说？"

妈妈笑着做出回应。

"唔，像我这样的学生一般每小时是4380韩元[①]，而米线店前辈们的薪资差不多是我的两倍。经理能拿多少我没问过，但肯定只多不少。也就是说，时薪能拿到二三十万的肯定大有人在，有些人甚至能拿更多。我觉得，如果能知道一个人的时薪，就能知道他是做什么工作的。还有，通过观察一个人的行动速度，也能推测出那个人的职业。总之，我就是思考了一下有关时间和速度的问题。"

温祚挠了挠头，不好意思地笑着说道。

"天啊，怎么回事？我们温祚也太棒了，已经开始思考这

[①] 1000韩元约合5元人民币。——译者注

么有深度的问题了！那你一定明白，为什么会有'时间就是金钱'这句话了吧？"

妈妈说着，轻轻摸了摸温祚扎着针的那只手。妈妈的手总是能传递一股暖流。

"嗯，以前我对时间只有抽象的认识，像这样亲身体会还是头一回。看见自己干活的时间能用钱来换算，这才明白过来。妈妈，我想吃炒年糕，给我做一份吧，记得多放点香辣咖喱粉哦。"

温祚一想到这，都要流口水了。每次感觉体力不支时就想吃点辣的，这一点也和爸爸一模一样。

"看来我们公主殿下是真的累了。好，知道了。"

妈妈轻快地起身，一脸兴致勃勃的样子。只要听见温祚说"家里的饭金不换"，或者夸妈妈做的饭最好吃，妈妈就算睡得正香也会立马翻身起来去厨房。妈妈在房门前顿了顿，回过头说：

"不过，白温祚，时间并非我们所想的那样坚硬又有棱角，而且'时间就是金钱'这句话虽是句名言，但其中却又暗含暴力，妈妈希望你能好好思考一下。"

说完这句话，妈妈就走出了房间。暴力？温祚思来想去，怎么也想不明白这句话是什么意思。但是，妈妈的那句话像是空谷传声，在温祚脑海里回荡良久。

波折的兼职生活就此落下帷幕。温祚心想，这才尝试了两次，真的就这么结束了吗？但这两次经历对她来说，全都实属艰辛。周围都在劝她，"你一个高中生做什么兼职，还不如用那时间多学点知识"，温祚并非一点都不在意这些声音。温祚也明白，韩国的高中生必须像双眼戴上眼罩的赛马一样，专注眼前，全力以赴。但她并不想成为机器般的赛马。温祚觉得，至少要知道为什么比赛，输赢才有意义。

不知从何时起，温祚冒出了"既然时间能用金钱交换，要不试试贩卖时间"的想法。时间这个抽象的概念瞬间变得可触可感起来。比起待在某个地方赚时薪，贩卖时间的话就能随心所欲地选择工作，还能提高时薪，更重要的是可以体味世间的千姿百态。对温祚来说，成为自主判断、独立经营的老板，比听从某人的指示来行动的员工要有魅力多了。

有多少人会买时间呢？每个人面前的时间，有着各不相同的模样，可谓千人千面。这么说来，眼前的时间有多变幻莫测，未来的时光就有多丰富多彩。贩卖时间……越琢磨，越有种微妙的吸引力。此后，许多个与时间有关的假想店铺在温祚的脑海里开张、关门，周而复始，好比反复推倒和重建时间的中国万里长城。

温祚在爸爸的供桌前点了一炷香。香火的蓝光里钻出一个小尾巴，在空中散开。顺着那闪着蓝光的青烟找去，是不是就能遇见爸爸呢？

温祚从小脾气就很倔，爸爸每次试图说服她时，用的都是坚定低沉的嗓音，从来不会提高嗓门。爸爸说过，人都会思考，无论对方是谁，都可以在不恐吓、不使用暴力的情况下沟通。爸爸说，有一次他救了一位怎么都不愿从大火里出来的老奶奶，那时也是这样说服她的。老奶奶完全可以避开火势逃出来，但她却好像等着被大火侵蚀一般，泰然自若地端坐着。当时，爸爸握住老奶奶的手，告诉奶奶她的孙子正在外面焦急地找她，要是不出去的话，就只有让孙子进来了，要是奶奶还不肯走的话，一位年轻的消防员也将一起丧命。一听这话，老奶奶立马就站了起来，和爸爸一起逃离了大火。

小学六年级时，有一回爸爸去温祚的学校做了"一日教师"，小温祚自豪地把胸膛挺得高高的。一日教师会带领大家探访各种职业的原貌，还会教给孩子们要以何种心态对自己从事的职业产生自豪感。

"人不是独居动物，我们在生活中常常要与他人共处。与其厌恶和讨厌他人，不如学会爱人和助人，这样才能幸福地生活。大家肯定也讨厌过朋友或家人吧，当时的心情如何呢？肯定不好受吧。厌恶某个人其实会让自己更辛苦。做坏事时也是如此。心里难受其实和皮肉之苦没什么区别。所以，尽量心存善良、多做善事，会不会更好一点呢？假如有人在我的帮助下能虎口脱险，摆脱困难的话，那岂不是好上加好了？这世上虽然有那种为满足自己的欲望而伤害他人的人，但同时也有乐于分享、助人为乐的人，这个世界也因他们而变得更加和谐。要是人人都能献上一份力，那这股力量将集涓为流、轰然成势，最终改变世界。有的人信念坚定、至死不渝，他们就是生活在我们周围的希望。当我所做的工作能带给他人帮助，而我也因这份工作生出自豪感时，那工作便不再有高低贵贱之分了，哪怕那份工作只是去厕所挑大粪。"

不知道孩子们有没有听懂爸爸说的话，不过，即便他们在听见"挑大粪"后皱紧了眉头，但还是鼓起了掌。

那天，爸爸讲述了自己的故事：从火场里救出婴儿；背着无法动弹的残疾人移动至安全地带；从屋顶乘绳索下滑，在被救人即将从窗台掉下的千钧一发之际，抓住了他的手……班里的孩子们全都目不转睛地看着爸爸，沉浸在故事里。

爸爸真傻。爸爸为了救严重烧伤的病人，刚从火场里出来就立马躺上了病床，要给那位病人献血，结果让看见新闻后立马赶去医院的妈妈担心得哭了。爸爸真傻，在自己向往的生活还未开启第一章前，就因为一个丧心病狂之徒被迫松开了温祚和妈妈的手。在很多日子里，温祚也会埋怨这样的爸爸。

温祚发现，自己正在思考的，正是爸爸未完成的志向。在那期间，贩卖时间的商店已在温祚脑海里初具雏形了。

在互联网社区开店单纯只是一次模拟实验。老实说，温祚很想试一试，到底有没有人会买自己的时间呢？半信半疑的温祚先大致搭了个框架，打算以后再慢慢装扮店铺。

温祚定下了几条规矩：拒绝超出自己能力范围的事；坚

贩卖时间的商店

决不接不义之事；哪怕效果只有一点点，也要选择能宽慰委托人的事；最重要的是，要把时间能卖钱这一点明确展示给委托人看。

古希腊神祇柯罗诺斯的形象被放在了店铺首页。他右手执沙漏，左手持镰刀，端坐在云彩之上，俯视着大地。柯罗诺斯是位下巴蓄着大胡子的老人，他背后虽长着天使的大翅膀，但为人却心狠手辣，且能力超群。他亲手用镰刀阉割了自己的父亲乌拉诺斯[①]，还因听闻妻子瑞亚诞下能力超越自己的儿子，就先挖食了亲生儿子的心脏，又将剩余躯体一口吞下。这是否意味着时间就是如此不留情面呢？

温祚认为时间能与物质进行交换，而柯罗诺斯则为时间划分界限，同时司掌时间，是当之无愧的时间之神。当今时代把时间拆为分秒，其使用也要经过精准的计算，而且必须得到有建设性的成果，简直是为这位时间之神量身打造的时代。

世界上

最长又最短的东西，

最快又最慢的东西，

[①] 原文将柯罗诺斯与克洛诺斯混淆，阉割父神、生吞子女的实为克洛诺斯。——译者注

最能分割,却又最为宽广的东西,

最低贱,却又让人留下最多悔恨的东西,

没有了它,什么事都做不成,

它使一切琐碎之事归于消亡,

为一切伟大之事灌输生命与灵魂,

它是什么呢?

欢迎光临。

这里是"贩卖时间的商店"。

我在这里接受您的特别委托。

柯罗诺斯的头顶写有几句话。这原本是英国物理学家法拉第问出的谜语式问题,温祚觉得把它用来写在店铺主页上再合适不过了。这下够有格调了。

商店的主人温祚,成了柯罗诺斯。

妈妈往杯里倒了酒,温祚把酒杯放上供桌。

奶奶说从今年开始,不会在爸爸的忌日过来了。去年的今天,奶奶在爸爸的供桌前流泪,哭着说自己恨透了这么久还依旧让自己伤心欲绝的儿子。奶奶还说,爸爸走得太可惜,越想心里就越如刀割一般,教人如何还活得下去,要是死了就能去小济身边,自己就是当场撒手离去也不觉得可惜。一番话说得妈妈和温祚也淌下了泪。

温祚看着爸爸的遗像,默默许下了约定,她一定会如爸爸所愿，坚强且光明磊落地活下去。此时，站在爸爸供桌前的温祎，感到指尖传来了一阵放回 PMP 时的酥麻感。她活动了一下十指。PMP 顺利物归原主，这下肯定为很多人带去了内心的平和。温祎想跟爸爸炫耀一番——我也为某个人做了一件事，说不定那件事挽救了一条生命。就像爸爸你过去所做的那样。

蜥蜴的
斷尾

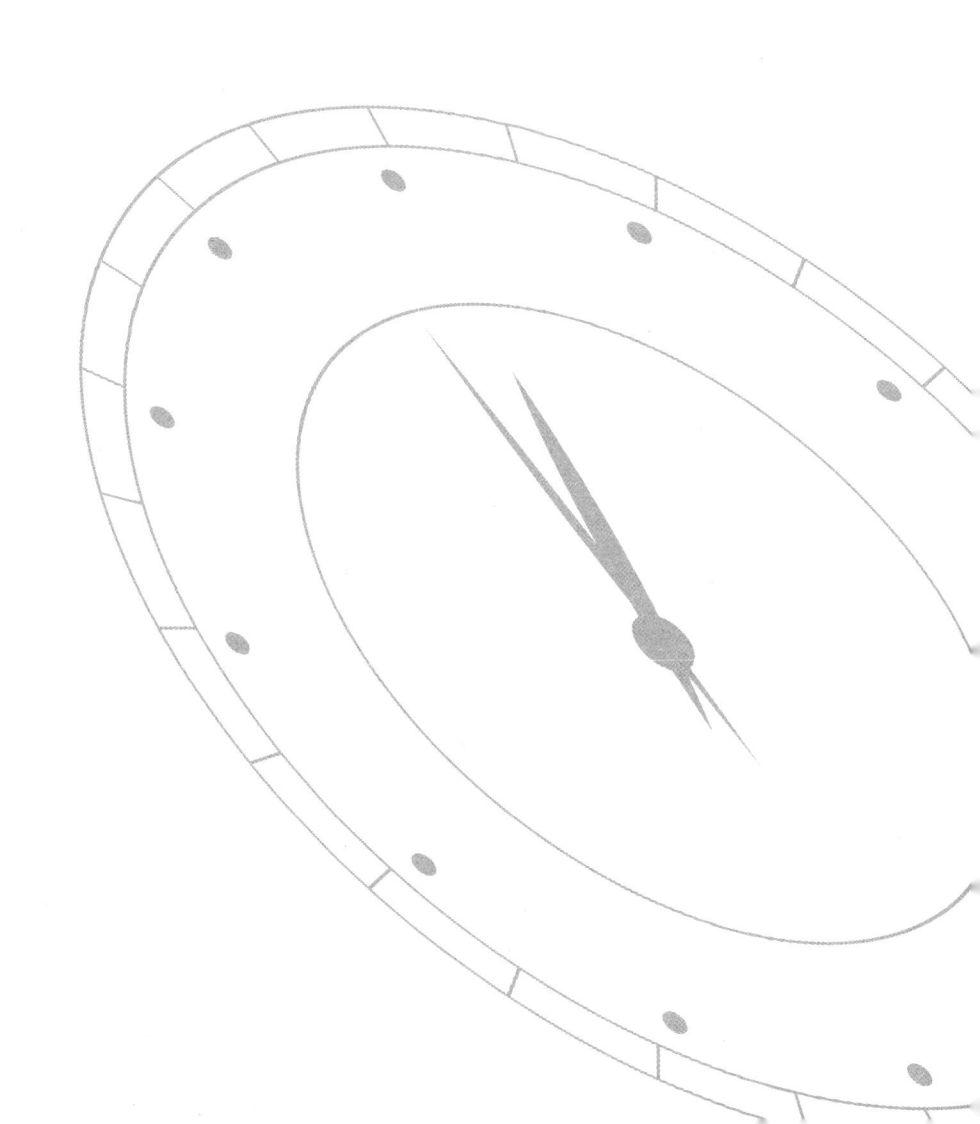

艾琳：姐姐，我现在在读小学六年级，对时间感到很好奇。我读了一篇童话故事，名字叫《汤姆的午夜花园》，里面竟然有午夜十三时。这个钟点会在故事里的古董大钟敲响十三下后出现，现实里也有这种情况吗？^^

柯罗诺斯：这样吧，先说个我小时候发生的事情吧。当时，我正在和朋友看电视，看的是一个非常有趣的动画片，艾琳你应该没看过，毕竟都过去十多年了。我当时看得正入迷呢，布谷鸟时钟却突然开始报时，吓了我们一跳。那声音巨大无比，大到一响起来就会盖过其他一切声音。所以我和朋友就去时钟下面大叫起来，"快进去，快进去"。我俩气急败坏地喊了三声左右，结果，当时本来是下午六点，布谷鸟竟然只叫了四声就回去了。那个时钟现在还在我家，报时的功能已经坏了，但是时不时地还能依稀听见像从深山老林里传来的布谷鸟叫声。那叫声好似梦境里的声音，虚无缥缈，可有时又让人觉得时钟里的布谷鸟其实活着，而那叫声正是它发出来的。断断续续，微弱纤细……童话故事里古董大钟敲响十三下的事情虽无法用科学解释，但有没有可能，它也是遵循了某个人的意愿呢？^^

艾琳：真的吗？那只有主人公汤姆可以拥有午夜十三时的时间吗？

柯罗诺斯：我没读过那篇故事，所以不太清楚，不过，午夜十三时应该是存在的。时间是人类制定的一种约定俗成的东西。换句话说，时间并非从一开始就是规定好的，而是根据人们的需要衍生出来的概念。如此一来，一天不仅可以是二十四小时，也可以是二十五小时、三十小时哦。

聊到这里，似乎与妈妈所说的"时间并非有棱有角的东西"有异曲同工之妙。温祚心想，时间虽会流逝，但逝去的时间并非就此结束。

艾琳：好难啊，时间是约定俗成的那部分我好像懂了……那午夜十三时是以什么方式存在的呢？

贩卖时间的商店

柯罗诺斯：我觉得，虽然我们在现实中只用钟表来判定时间，但肯定有无法用钟表来计量的部分。比方说，想象之类的东西，或者回忆。回忆无法用钟表来度量，但我们确实可以重温当时的时间。唔，有句话是这么说的，可能会有点难懂："你若祈愿弥留在那天、那时与那里，那么时间将带你追溯过去。"

想象、回忆和记忆等，虽然不是此时此刻发生在眼前的事情，但的的确确会让现在的自己为之所动。这是因为，如果没有它们，就没有现在的自己。

艾琳：这么说的话，我小时候有一次喝完海带汤吐了，之后再也不喝海带汤了，这个也是受过去的影响咯？

柯罗诺斯：是的，没错。或许，时间并没有流逝，而是层层垒叠在我们体内。艾琳你刚才说的虽然是记忆，但在人的想象里，会不会真的有超出午夜十三时的时间存在呢？有些故事里不是写过吗，明明只是睡了一觉、做了场梦，但醒来后却发现时间已飞逝百年，翩翩少年也白了头。如此说来，人也可以预支未来的时间。换句话说，假如我想着二十岁的时候一定要做什么，然后付出行动的话，那是不是相当于取用了未来的时间呢？

其实，姐姐我也不太了解时间，只不过打算从现在开始好好研究。

你有没有见过蜥蜴呢?

艾琳：见过，以前在奶奶家见过一次。有点恶心，又有点可爱。

柯罗诺斯：没错。把它放在手掌上看的话，又有点像个身着燕尾服的绅士，哈哈。蜥蜴在被抓住时，会切断自己的尾巴逃跑。有时候，上一秒它还好端端地在我手里，下一秒就钻进了石头缝，只在我手心里留了一条尾巴。时间也是这样。我们遭遇的种种事情就好比蜥蜴的躯体，不知什么时候就消失不见了，仅剩的记忆与痕迹如蜥蜴尾巴一般，原封不动地留在那里，给现在的自己带去影响。

艾琳：那午夜十三时说不定就是汤姆有感于某事而捏造出来的。那件事会不会就是从汤姆殷切的期盼里衍生出来的蜥蜴断尾呢？

柯罗诺斯：哇哦~理解能力这么强，真的是小学生吗？你喜欢听故事吗？姐姐上小学的时候也特别喜欢听老故事。

艾琳：嗯嗯，我喜欢呢~

柯罗诺斯：你知道吗，以前故事里的主人公们都不会死。故事的结尾总是"他们从此幸福快乐地生活在了一起"或者"从此就这样生活了下去"，再或者

"直到今天,他也生活在荷塘里"。所以,我总认为故事里的人物会长生不老,即便是过了几百年的今天,他们也正幸福地生活在某个地方。看来蜥蜴的断尾仍留在我的手心里。

艾琳:哇~确实是这样欸。仔细想想,我知道的故事主人公们,此刻好像也在我脑海里的某个地方玩耍呢。好像魔术一样,时间的魔术……

柯罗诺斯:时间的魔术?这个说法很酷欸!你真是个帅气的小学生~哈哈!

艾琳:哈哈哈,谢谢姐姐。下次还能来找你聊天吗?每次当我说出自己好奇的时间问题时,朋友们就总是拿我打趣。他们说我奇怪,还让我别想那么多。他们问我:不去怀疑,直接接受就好了,为什么老是要反反复复地思考和怀疑?

柯罗诺斯:我很喜欢艾琳你的这种态度。那句话说得对吗?真的是这样吗?总是去怀疑、去证明的态度,会让你之后对某句话或某件事了解得更加深入。只一味地接受现状,比起一边思考一边生活,更接近于机械式的生活。噢,不好意思,我又把话讲得难理解了。

艾琳:没事的,姐姐。虽然我没有完全理解,但我知道这个店铺认可我的想法,那我就放心了。和朋友们在一起的时候，我总是怀疑自己是不是真的很奇怪，但现在终于可以放心了。

艾琳是个还在上小学的女孩，她一看到"贩卖时间的商店"这个名字，就不管三七二十一地跑进来给温祚发了私信。有这么一个同样对时间感到好奇的朋友，给了温祚极大的鼓舞。她在处理"在你身边"的赃物事件时萎缩的信心，现在好像开始慢慢回弹起来了。正当温祚沉浸在欣慰的情绪里时，"在你身边"又发来一封邮件。

柯罗诺斯，
东西已平安回到了原处。
你的身手可真不一般，
手法很是娴熟呢。
可还是出了一个问题，呜呜……
到目前为止，还没有丢失了东西却物归原主的情况发生，一看到东西回来了，大家顿时都慌了，简直和丢东西时经历的刺激没什么区别，只能说这次的恐慌有过之而无不及。大家都觉得自己像被谁握在手心里捉弄了一番。

贩卖时间的商店

请你想象一下：

有一天，我们家进了个小偷，可几天后，丢的东西又好端端地回到了原位上。当我意识到在我不知情的时候小偷又来过一次，那一瞬间该有多惊悚啊！

而我们班昨天晚上的气氛就是那样。不久前，有人在讲台下面找到了丢的东西，但这次大家的反应完全不同于上次。

我们班主任也有点将信将疑。这件事既然是在日语课合班后发生的，那老师肯定会关注你们班，请你务必小心。

什么情况啊？

温祎的心又开始噼啪乱跳起来。原来，把东西放回原位，并不代表着就能放下心来。

所以呢？要我怎么办啊？

温祎不停地喃喃自语。她的手心里，此刻好像仍握着那段蜥蜴的尾巴。这件事该怎么处理呢？温祎真想大手一挥，把蜥蜴尾巴丢进草丛里。这个委托基本算是赌上了自己的性命，可谁承想事情都结束了，却仍后患无穷。温祎有种不好的预感，赃物事件会在未来一直给她使绊子。

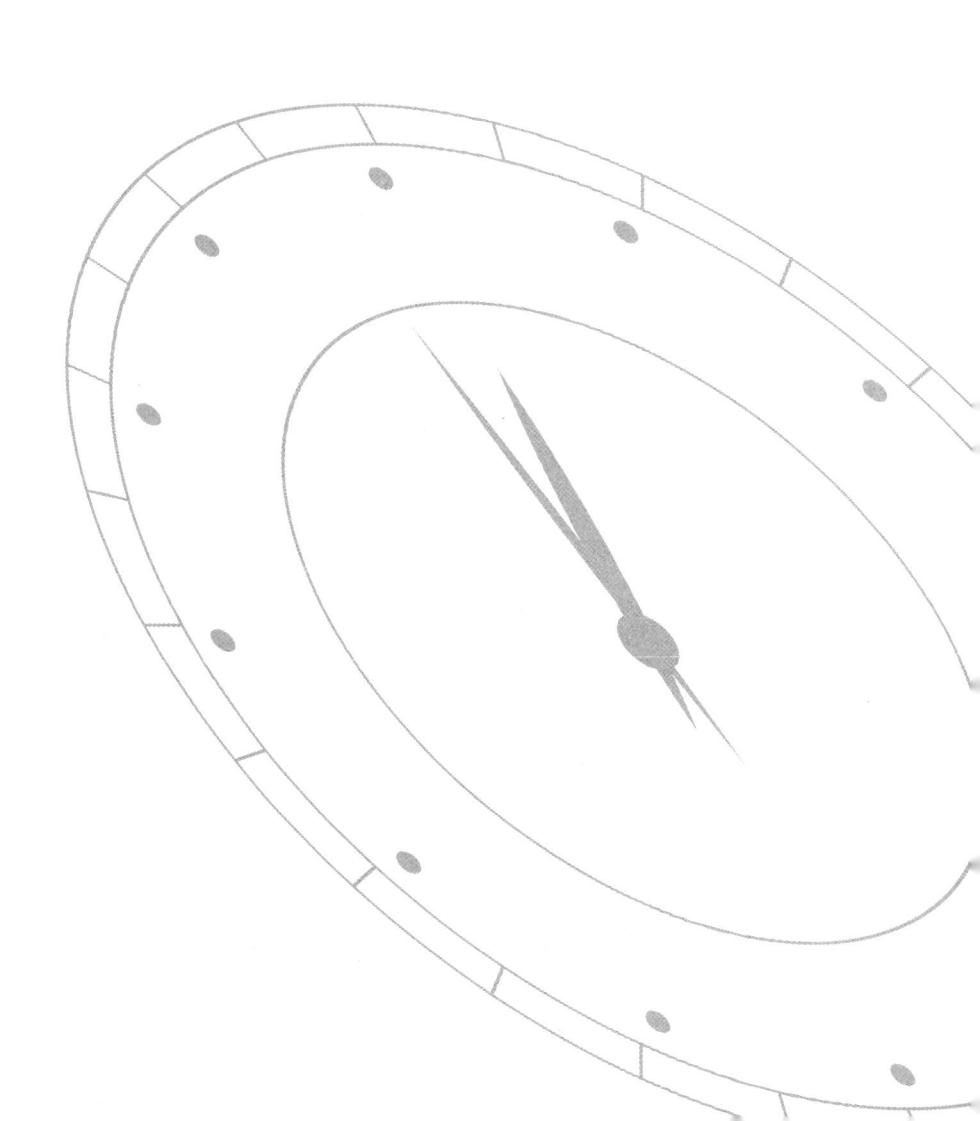

柯罗诺斯 VS 卡伊洛斯

此情此景简直与餐厅里优美的钢琴旋律格格不入。舒缓的钢琴曲环绕着餐厅，温祚那怦怦乱跳的心跳声一加入伴奏，简直就是驴唇不对马嘴。有时当两种音乐同时响起，如电话里传来的彩铃声与 CD 播放器里的音乐重叠，不论多么美妙的旋律，也会沦为扰人的噪声。

　　二楼靠窗处能俯视湖畔的位子上坐着一位上了年纪的老人。肯定是他。老人下巴上稀疏地蓄着几缕花白的胡须，全白的头发里夹杂一丝米白。温祚的全身过于紧绷，搞得双腿僵硬，步子都迈不直了。脚距离窗边似乎有百余米之远。那位老人又会如何接受这个令人莫名其妙的状况呢？温祚本想找到能让事情看起来顺理成章的办法，但她毫无头绪，满脑子只有一个想法——两眼一闭往前冲。

　　"那个，您好，我是疆图的朋友。"

　　温祚低下头打了个招呼。老人先是睁大了眼睛，随即又露出了微笑。

　　"你是疆图的女朋友吗？"

老人的声音铿锵有力,像只年事已高,但獠牙俱存、厉声咆哮的老虎。中气十足的嗓音里夹杂着一丝倔强与能耐。

"嗯?啊,不是的,我们只是普通朋友。"

"先不说这个了,疆图人呢?"

老人朝餐厅入口方向微微倾身,打量了一番。

"啊,其实……疆图今天来不了了,他说联系不上爷爷,所以让我替他来了。"

"先坐下吧。你说疆图来不了了?他不会出什么事了吧?"

"不是这样的,他说今天突然碰上了急事,实在是赶不过来,所以……"

"好,知道了。不过,你和疆图关系很好吗?他竟然会把自己的小名告诉你。"

此话怎讲?

"什么?那是他的小名?"温祚差点脱口而出。

"我挺喜欢疆图这个名字的,就是那小子不乐意听我这样叫他。小时候有天放学回家,他哭着说朋友们都喊他'饭桶①',可给他委屈坏了,闹着要换名字。还说什么,一听见'饭桶'这个外号,脑子里就不停地回荡着'饭桶,饭桶',哈哈哈。听他这么一说,我想想也是,凭什么我的宝贝孙子要在

---

① 疆图(강토)的韩语发音与饭桶(깡통)类似。——译者注

外面被叫饭桶。根硕这小子啊，哭着喊着说不换名字就不上学，也不吃饭，我拿他能有什么办法，最后只能依了他把名字给改了。连户籍上的名字也给改咯，哈哈。根硕可真是个倔脾气。可是，疆图这个名字过去只有我能喊，他说爷爷起的名字丢了未免也太可惜，所以就允许我继续这么叫他。除了我，连他爸爸妈妈都不让叫呢。今天看见多了一个能这么喊他的人，对根硕来说大概是件好事吧。"

委托人大多不会使用真名，所以温祚在委托栏看见"李疆图"这个名字的时候多少吃了一惊。这个名字曾带给他伤痛，迫使他改名，但他如今仍选了这个名字，这背后必定有什么不得已的隐情。此刻，温祚与坐在眼前的老人唯一的相通之处便是"疆图"这个名字了。这两个字是名字也好，暗号也罢，总之是温祚能抓住的唯一一根稻草。虽然有点对不起疆图，但这名字反复读上几次后，不知怎的，脑海里就开始响起"饭桶，饭桶，吃饭不愁"的声音。

疆图委托的事情是去湖畔烧烤餐厅和自己的爷爷好好吃一顿饭。而且他强调，一定要"好好吃一顿"。吃饭靠的不只是嘴巴和手，疆图还附加了一个条件，那就是必须得动用耳朵、眼睛和心，香喷喷地吃上一顿。他只提供了一个信息，只要报出疆图这个名字，马上就能拉近两人之间的关系。其余的就得靠温祚自行发挥了。"香喷喷地吃一顿饭"，这确实是让温祚接下委托的主要原因。温祚只身赴宴，她对疆图一无所知，不过，事情看似好像没有想象中那么严重，让她多少放下心来。一会儿和爷爷吃饭的时候，心里应该还会有些忐忑，但至少耳朵和眼睛能放松下来。

疆图说，以他现在的情况没办法和爷爷坐下来心平气和地吃饭，温祚解释说自己必须了解情况才能帮忙，并要求他把事情的原委说清楚，可疆图直到最后也没开口。

谈话戛然而止。爷爷一口气吐出了疆图这个名字的来龙去脉后，就关上了话匣子。温祚这才发现，原来相对无言的尴尬会令人如此难受。不仅浑身别扭，连眼神都不知该放在哪儿好。

窗外的湖面上漂着一只游船。喷泉四周水花四溅。起风时，那水花就随风一会儿往左，一会儿往右，平息一阵后，又冒了出来。温祚看着随风摆动的水花，不禁联想到自己现在的处境。

今天本是个普通的周日。湖畔有人在散步，也有人在奔跑，风好似正从樱花小道和落叶松下穿过，带动着树枝微微摇晃。这些当然都是现实，可眼前的一切在温祚眼里却像做梦一般，毫无真实感。她不停地给自己洗脑，告诉自己这只是工作罢了，任凭她怎么努力也还是改变不了要和不认识的老人家一起吃饭的不自在。

"我已经好久没看见疆图了。因为一些事情，我们这段时间都没见上面。今天还是很久以前就和疆图单独约好的，所以才有一次相见的机会，没想到连这个约定也……"

爷爷面露失望。此刻的他没有了猛虎一般的气魄，转眼间变成了一个因为见不着孙子而失望的普通老头。

"虽然很可惜，但起码见到了疆图的女朋友，那就行了。疆图肯定还在埋怨我这个做爷爷的，因为我对不起他爸爸。请帮我转告疆图，爷爷那时候也是不得已。"

温祚不知是该笑还是怎样，犹豫了一会儿，刚想报以微笑，结果嘴巴附近的肌肉不自然地抽搐了一下。真让人左右为难。爷爷的话好像掐了头去了尾，只剩中间，而且只能看见中间星星点点的几块零件。"对不起他爸爸"这句话引起了温祚的好奇，可她既不能问，也不能表露出好奇的样子。

"好的……"

"不过话说回来，我们疆图的眼光就是好，找的女朋友清秀漂亮，又有礼貌。"

不知爷爷这会儿是不是试探完毕了，好像卸下了一丝防备。

"谢谢。"

温祚被夹在中间左右为难，还成了某人"清秀的女朋友"，虽然她也不情愿这样，但事到如今也没办法。对温祚来说，这只是工作而已。

"吃过午饭再走吧。你想吃什么？"

爷爷打开菜单，递到温祚面前。这次委托是让她吃午饭，而且要吃得香喷喷的。温祚其实默默在心里期待这一刻的到来。

"爷爷，您先点吧。"

说出"爷爷"这两个字时，不知为何有些拗口，似乎嘴里有什么异物似的。可她要是还想继续在这一行干下去的话，就必须忽略这种感觉。

"我打算来份午间套餐。对了，我还没问你的名字呢。"

"我叫白温祚。我跟您吃一样的就行，爷爷。"

"我一直没有孙女，心里总是空落落的，听到你喊我爷爷，心情还真是不错呢，呵呵。请你务必转告疆图，两个月后的第三个周日，同一时间、同一地点，我们再见一面。"

温祚在脑海里又重复了一遍爷爷说的时间。他们都是这样约见面的？温祚仿佛从高新科技时代回到了没有钟表和联络方式的中世纪。在那种时代里，没有通信设备，凡事都要依靠人力完成。

"我没有手机，也没有他的联络方式。其实不是没有，是我不再用了。现在的生活速度太快，快到让人晕头转向。比起慌里慌张地追赶，还是按照我的方式、我的时间来要高效得多。"

温祚竖起了耳朵。一听见"时间""速度"之类的词，她的心跳就会自动加快。这正是她最近感兴趣的话题，再加上自己还是贩卖时间的商店的主人，不免更加激动了。谁让她是"靠时间吃饭的人"呢。不过，她还是想以交换时间的方式，做有意义的事情来赚钱。

"可能那也只是个借口吧。要是集齐了各种设备，却要等一个根本不会来的电话，那我更是无法接受。不如从一开始就没有这些东西，哪怕只是错觉，至少不会感觉自己被抛弃了。"

爷爷望着窗外沉吟道。他的脸上流露出孤独的神情，眼眶里荡漾着清冷的水光。

午餐套餐终于上来了，无比华丽的餐盘摆在了温祚面前。套餐里有坚果大虾、意式猪排、芝士卷，还有炸牛排。种类多到让温祚担心自己是否能吃得完。但是，必须吃得香喷喷。起先，她还觉得谁会附加这么滑稽的条件，但事到临头了才发现这条件有多苛刻。

芝士卷里的芝士松软地流了出来，温祚切了一口大小送进嘴里，口感真是入口即化。

爷爷也开始切芝士卷。他虽上了年纪，但风度犹存。不过爷爷到底做了什么对不起儿子的事情呢？他看起来没那么残忍啊。奶奶总说不能以貌取人，让她远离嘴上抹了蜜和徒有其表的人。难保这位老爷爷就不是那种人。可还有句话叫"身体是心灵的容器"，要是外在的器皿看起来不赖，那内在的心灵又能差到哪儿去呢？说不定爷爷的儿子做了更加过分的事情，爷爷只是与他有什么矛盾罢了。

"爷爷，您刚才说的'属于您自己的时间'，指的是什么呢？"

爷爷摆了摆手，他正忙着咀嚼嘴里的食物。

"我这人吃饭的时候从不说话。那个话题等吃完饭再聊，先好好吃饭吧。津津有味地享用美食是我人生的一条铁律。把一切杂念统统丢开。温祚，你的眼神……怎么看起来思虑重重的？"

这句话说得相当斩钉截铁。

"啊，知道了……"

温祚瞬间把头低下，埋在比自己的脸还要大上三倍多的盘子上方。有的人只要看一眼对方的眼神，就能判断出他的状态。妈妈就是这样，只需看一眼温祚的眼神，就知道她在琢磨些什么。妈妈连后脑勺都长了眼睛，不用看就知道刚走出房门的温祚又把校服脱了随处乱扔。明明人在厨房里做着饭，却突然蹦出一句，"白温祚，把校服挂好"，每次都让温祚心里猛地一惊。温祚还以为，只有共同生活过一段时间，才会形成这种能力，如今看来却并非如此。即便是初次见面，也有人能一眼就看出对方的人品，或看透对方的心思。这类人肯定有某个感官能力异常发达。而眼前的老爷爷也绝非等闲之辈。

温祚将最后一块炸牛排放进了嘴里，她从来没有在吃饭的时候如此忠于食物，只专注在吃这件事上。这都多亏了爷爷的那条铁律——食不言。

"你吃得真香，挺好的。"

爷爷满意地看着温祚说道。

"嗯，爷爷，我吃好了。"

都做到这个份儿上了，今天的任务算是圆满地画上了句号。温祚有没有好好吃饭，疆图根本没有办法核实，任务的完成与否完全掌握在温祚自己手上。毕竟，自己做的事情合不合心意只有自己最清楚。温祚的嘴角下意识地浮现出微笑。

"回想起过去发生的那些事情，真不知道自己是怎么熬过来的。到头来，那些事情又像梦境一样成了遥远的往事，不再有现实感。最近的生活速度实在是太快了，也不知道为什么这么快。快又不代表就能更幸福，反而会因为速度快而出事故。不论是机器，还是人与人之间的关系，进展过快的话，必然会出问题。温祚，你也要牢记这一点。"

"好的……"

过快的话，必然会出问题……爸爸也是因为速度而出的事故。假如当时没有狂奔的那辆跑车，假如那个司机能放慢一点速度的话，说不定爸爸现在还能好好地陪在温祚身边。

温祚没能完全听懂爷爷说的话。刚过完十八年人生的温祚，如何能与走过七十年岁月的人语言相通呢？

"爷爷，您说的'速度'，指的是什么呢？"

"最简单的例子就是汽车了。汽车的行驶速度是一种速度，但三天两头就出新车型的速度也属于我讲的速度。况且，又何止是汽车呢，手机和电脑不也是这样吗？我这样的老头子根本跟不上更新换代的速度，总感觉自己被排斥在外。而加重这种排斥人的倾向、引导人们不断消费新产品的罪魁祸首，正是这个时代。人们互相煽风点火，生怕自己掉了队，为了赶上时代的脚步，更加拼命工作，并以更快的速度去消费。殊不知，没有那些东西，生活也压根儿不会受影响。大家好像都吃了相同成分的药，个个都跟着了魔似的，被迷得五迷三道的。"

爷爷激动地对速度大谈特谈。温祚将爷爷的话仔细回味了一番。以前班里只有一两个同学有手机，现在几乎人手一个。没有手机的同学会被当作外星人，一直不换手机的同学则会被嘲笑为老古董。在用智能机的朋友面前，人们是绝不会掏出自己的"老人机"的。这样一带入生活进行理解，爷爷的话好像又没那么高深莫测了。

"我也曾深陷其中。满脑子只有不奔跑就会跌倒的想法，但直到后来才明白过来，跑累了其实可以停下，也可以步行前进。从某一瞬间开始，我无法摆脱好像被什么东西裹挟着随波逐流的感觉。等我后知后觉的那一瞬间，心情真是糟糕透顶。这就好比本来应该自己走的路，却被人推搡着赶了一路。如今到了该走的年纪才清醒过来，呵呵。"

温祚没有完全理解，但还是觉得毛骨悚然，像是掉进了一个未知的无底洞里。努力奔跑就是最大的美德，也是在竞争中存活的方法，这是温祚一直以来被赋予的知识，可这和爷爷说的大相径庭。也许爷爷的意思是：努力奔跑并非一直都是应该被恪守的人生信条，它的价值随时都可能发生变化，多年后再往前看，说不定会对现在这个让人埋头竞争的时代感到羞愧。

"你看起来在专心想着什么。"爷爷微笑着说道。

"没什么，就是发了会儿呆。有点像当头挨了一记闷棍。"

"那还得更混乱些，这样才能在混乱中找到秩序噢！呵呵呵。"

无底洞深深不见底，爷爷的笑声在里面回荡开来。

"机器可是个魅力十足的物件，让人沉迷其中，如痴如醉。在日后海啸般的冲击到来之前，根本无法挣脱。幸好我趁还未太迟，及时逃脱了。多亏这样，我现在才能和疆图像007间谍作战一般见上一面。看似不方便，但也有它的魅力所在。机器不见了，而我对人的信任却越发坚固。机器做的事由人来完成，人与生俱来的美德也因此而复苏。或许可以说，有种时间为我转动的感觉。它不再是支配我的东西，而是退居二线，又变回了曾经那个温柔亲切的时间。瞧我这嘴，对着一个孙辈又胡扯了一大堆。我这老头子讲的话，你能听懂吗？"

在温祢眼里，眼前的老爷爷如同另一位掌管时间的神祇。如果说温祢是把时间进行划分、让它一分一秒都不停运转的柯罗诺斯的话，那爷爷就是卡伊洛斯——分割幸运与不幸的机遇之神，超越时间、司掌意义的卡伊洛斯。

"您说的我有点似懂非懂，好像和我所认为的时间完全相反。具体的我也不太明白。"

"嚯，是吗？真是好久没遇见说话这么投机的朋友了。以你的年纪，应该很难理解这些话。像你这么大的孩子，往往热衷于追求速度，而时间却偏偏在那个年纪过得无比缓慢。但对我这种老头子来说，时间过得太快才是问题。本来就被飞快运转的时间搞得晕头转向，还要着急往前追赶什么呢？我这才下定决心，放慢脚步。可等我恍然大悟过来，已经晚了。我迟来的醒悟只给一个人带去了伤害，那就是我那无辜的妻子，我害得她好惨。"

与刚才谈论时间时不同，爷爷一提起奶奶，就变得有气无力了起来。

"奶奶她……"

"你说我妻子？每次提起她，我就觉得满心愧疚。她已经不在了。"

"啊，这样啊……"

温祚避开了爷爷的视线，往窗外看去，缓缓地点了点头。她知道，任凭外人怎么表示理解，除了当事人，谁也无法体会失去爱人的心情。那是完全需要独自承担的悲伤与时间。

短暂的乌云密布过后，爷爷的脸上重焕光彩。他好像读懂了温祚的心思，为了给她转换气氛，故意舒展了面部表情。现在他的脸上，已完全找不见刚听说温祚是疆图朋友时的警戒心了。一起吃饭这件事有着了不起的力量。温祚总算有点明白，为什么大人们动不动就相约"一起吃个饭"了。在同一时间、

贩卖时间的商店

同一地点，呼吸着相同的空气，听着相同的音乐，相对而坐一起吃饭——其中好似有微妙的力量在发挥作用。在学校里，大家也各有一起吃饭的伴儿。就算班级不同，也必须在食堂里聚在一起吃饭。在人类的各项本能中，有想要与他人共享乐事的欲求，这不就是分享卡伊洛斯的时间、让时间作为某种意义留存下去的事情吗？

"温祚，你是怎么开始对这些事情感兴趣的呢？你的同龄人大都这样吗？我家疆图就特别喜欢读书，有一次我看见他在读《时间的法则》，好像是本与物理学相关的书。我过去也对这方面很感兴趣。这么想来，现在说不定是受当时的那些想法所影响。看见我家疆图，就想起了以前的自己，他真的很像我。"

怪不得自己总觉得爷爷身上有种不凡的气质，原来是同道中人。爷爷只要一提起疆图，表情里就流露出难以掩饰的欣慰。

"我还没有深入思考过。不过，我最近也在仔细琢磨自己活过的时间。有时也会想，人生其实就是对时间的记述。"

温祚大概能猜到疆图是怎么找到贩卖时间的商店的了，应该是和上次的小学生一样，在网上搜索与时间相关的话题时，偶然找到后点进去，再加入会员。其实大部分访客都是这么找上门来的。

"哎哟，说得真不错！小小年纪就开始思考人生了。两个月后你和疆图一起来吧,我想再见你一面。"

"什么?一起来?"

温祚感觉刚才吃进肚里的食物开始翻腾起来。她打了个嗝,连忙灌了口水。

"怎么,不行吗?为什么这么惊讶啊?"

"没……没什么,知道了,我会转告疆图的。"

温祚觉得如鲠在喉,费劲全力咽下那口水后回答道。

"那就这么说好啰。"

爷爷先离开了。温祚瘫坐在位子上,两条腿都软了下去。

温祚觉得疆图很像一个老朋友。既然爷爷第一眼就把她看作疆图的朋友,那两人应该年纪相仿,或者他比温祚还大上几岁。他喜欢读书,对时间感到好奇,温祚觉得他们之间应该有很多共同语言,顿时对此人心生好感。

温祚给疆图发了封邮件,详述了爷爷给自己留下的好印象,还不忘告诉他那天在湖畔烧烤餐厅美美地吃了一顿午餐。信中还提到,爷爷约他两个月后的第三个周日,在同一时间、同一地点见面,而且还想让自己一起去。不过,他不用担心这个问题,到时温祚会借口有事不能来,爷爷也不像是那种会怪罪她的人,这一点委托人应该更清楚。

疆图回信了,说谢谢温祚,爷爷是世界上唯一一个与他交心的人,而自己却不能与爷爷见面,心里很是痛苦。他还说,现在离两个月后还有一段时间,等到那时再做决定。他还十分老成地写道：明天的事谁都没办法打包票，更何况是两个月后呢？邮件的结尾，他留下了一句令人捉摸不透的话：谁也无法保证，两个月后，我与柯罗诺斯你的缘分会走向何处。看来，掐头去尾式的说话方式是他们家族的传统了。

温祚从疆图身上感到了一丝温暖。他有种凌驾于温祚之上的稳重与成熟。温祚想，要是能见上他一面就好了。要不干脆豁出去，在下次吃饭的时候不请自来？不行，不行，那可就违约了。自己制定的合约内容要是自己率先违反的话，那她还有什么资格做商店的主人？

看到疆图说自己很痛苦，这让温祚有些过意不去，当事人自己不愿吐露的话，温祚也没办法深究。对某些人来说，那可能是难以言说的伤口，也可能不只是单纯的好奇心作祟，所以她得三缄其口。

温祚躺在床上。明明只过了一天，却好像一口气过了好几天。这就是卡伊洛斯的时间吗？

凉爽的春风从微启的窗缝里吹进来。

维护地球
平衡的人

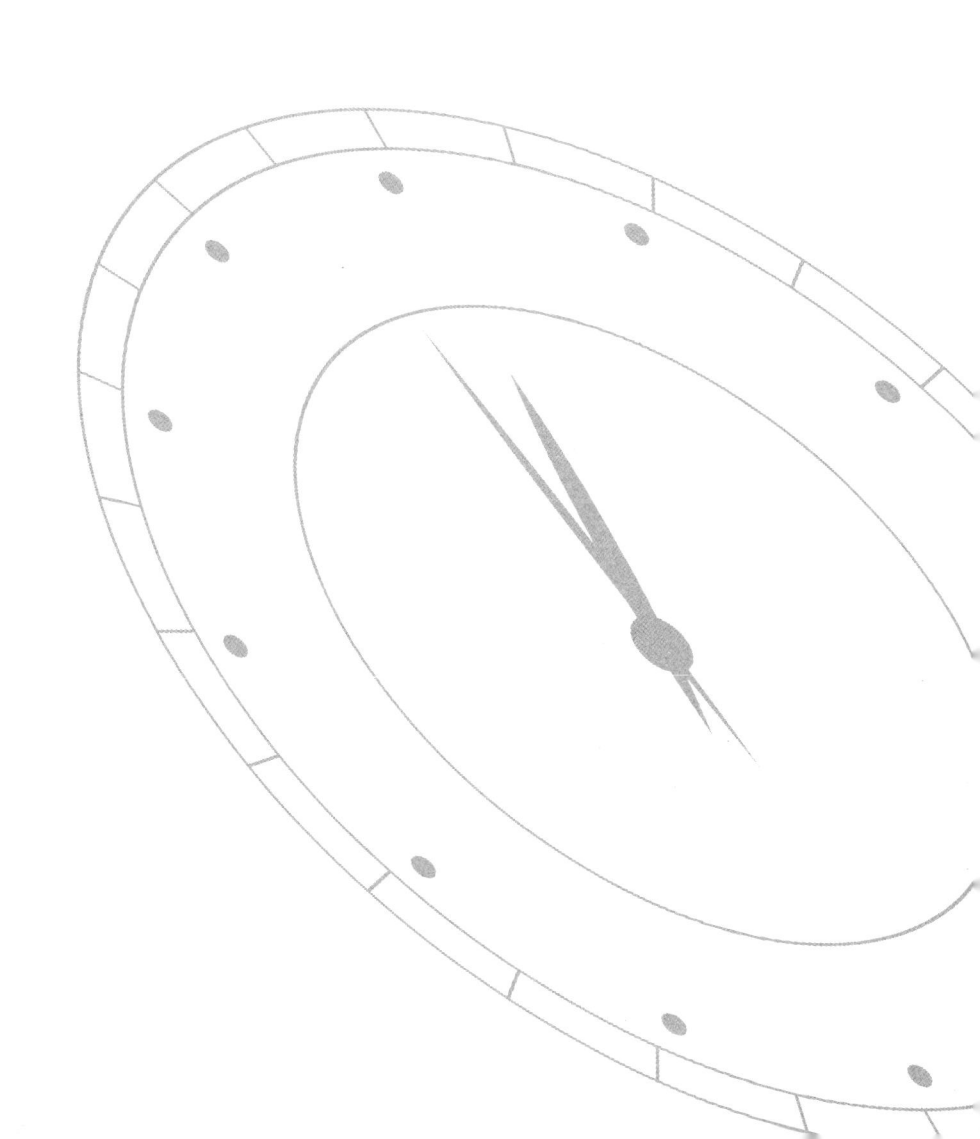

该来的还是来了。PMP赃物事件不可挽回地引发了轩然大波，而处于风口浪尖的正是温祚。温祚班里凡是在日语课合班时换过位子的同学，无一例外地都上了嫌疑人名单。以南珠为首的同学们听说这一消息后激动地大闹了一场——"怎么这么蛮不讲理啊？""真恶心，像吃了苍蝇一样！""也有可能是那个班的学生，或者其他班的学生故意选在那个时候下手的啊？"，甚至还有同学提出要"把那些空口无凭、乱说话的人全部按诬告罪报警"。事情怕是要越闹越大了。一到课间休息，班里就像捅了马蜂窝一样聒噪不休。同学们都纷纷建言献策。

平时"事不关己，高高挂起"的慧智今天也摘下耳机插了一句：

"我觉得这件事必须得报警，委托警方进行正式调查。"

慧智的一句话比谁说的都有分量，同学们听后随即首肯，投去表示认同的目光。平日里咋咋呼呼的洪南珠就是说上一百句，也抵不过慧智百年开一次金口说出的话。可问题在于，家长也知道了这件事。似乎已有某位家长打电话到学校抗议，让学校别抓着无辜的孩子们不放,尽快弄清楚犯人是谁。大人们的介入总是能把事情闹大。那通电话让班主任一时有点为难。

午饭时间快结束的时候,正朝座位走去的温祚一边挠着脑袋,一边把慧智摘下的耳机拿在了手里。再这样听同学们议论下去,自己怕是要急火攻心,英年早逝了。同学们嘴里冒出来的一句句话似乎要把温祚给千刀万剐了。

"天鹅公主,你也表个态啊。你不觉得现在这个情况很不像话吗?"南珠拍了拍温祚的肩膀问道。

"我,我,我觉得……"

"喂,白温祚!你哪学的这些坏习惯啊?还是被谁给传染了?你这是怎么回事啊?"

南珠试探地摸了摸温祚的额头。而温祚一把甩开南珠的手,坐到了慧智的座位上。她有种从悬崖峭壁上坠落的感觉。慧智的耳机里传来了音乐声,节拍非常快。

温祚想,必须先让同学们冷静下来,不然再这样下去,她之前所做的一切努力都将付之东流。无论如何都要说服同学们。可是该说什么呢?搞不好,自己反而会被当成最有嫌疑的人,到时可就是亡羊补牢,为时已晚了。温祚的脑子里一团乱麻。突然,爸爸的面容浮现在眼前。爸爸笑得很开心,表情仿佛在说:"你可以的。"那一瞬间,一道光照了进来,她想起"在你身边"发来的那封邮件。

温祚干咽下一口唾沫,猛地站起来对同学们说:

"大家现在太激动了，这么激动是处理不好问题的。大家可以试着替那个犯下错误的同学想想，从他偷走东西到物归原主的那段时间里，他独自承受了多少恐惧啊？说不定那是种濒死的恐惧感。大家不会已经忘了去年发生在我们学校里的那件事了吧？我看我们都忘了那件事是怎么发生的了。这事要是继续发酵下去，说不定会导致第二个人放弃生命。丢的东西物归原主，会不会是某个人为了求生，又或是某个人为了挽救一条生命而做出的举动呢？如果真是这样的话，我们又应该怎么办呢？"

周围一片沉寂。三十四名同学全都屏息倾听温祚的话，甚至在温祚话音落下后，沉默还持续了一阵。紧接着，同学们开始发出沉吟般的应和声：

"啊，对啊。"

"就是去年，没错。"

"哎，干嘛突然说那个啊，多晦气。"

也有同学闭着眼直摇头。

一提到那件事，同学们好像都得了失语症，到最后也没一个人接茬儿。

慧智朝温祚走去。她平时不会跟任何一个同学搭话，但这并不代表她没有存在感——优异的成绩让她自带光芒。

慧智一言不发地把手搭在温祚的肩膀上。

"白温祚，这是我的位置，能不能让一让？还有，你，挺厉害的嘛。"

"嗯？"

温祚没听懂慧智的话是什么意思。南珠拽住她的胳膊说：

"白温祚，打起精神来啊，人家让你让一让。她不是出了名的讨厌鬼嘛。真不知道搞不清楚状况的人是她，还是你。"

温祚收回半撅着的屁股，回到了自己的座位。直觉灵敏的南珠嘴里一刻也停不下来，低声说：

"白温祚，你，有点不对劲啊。你是不是知道些什么？"

温祚一时又气短起来。

"我知道什么啊？洪南珠，你能不能别不懂装懂，明明自己什么都不知道，还在这冤枉好人。我什么都不知道，这回你的直觉出错了，知道吗？"温祚突然提高了嗓门，把南珠吓了一大跳，僵在那里一动不动。同学们都朝温祚和南珠看去。

"这丫头怎么回事？突然喊起来了。干脆给你拿个麦克风，喊给全校的人听得了。"南珠也不甘示弱地回答道。温祚可以确定，南珠的雷达已经捕捉到了一丝风吹草动。

晚饭后，晚自习钟声刚一敲响，班主任就来叫她了：

"白温祚，来趟办公室。"

班主任一说出"白温祚"这三个字，表现最为惊讶的不是温祚，而是南珠。南珠满脸"该来的还是来了"的表情，回头投来担心的目光。

班主任离开教室后，温祚犹豫地站了起来，正准备离开教室，突然有人说：

"咱们班肯定有间谍。给班主任当探子是吗？到底是谁把我们私底下说的话一字不落地告诉老师了？吴慧智，是你吗？还是班长？真是卑鄙。怎么，厌到连嘴都张不开了？把你们这帮家伙当朋友的人才真是冤大头。"

南珠发话了。她狠狠地挖苦着，脖子上都冒出了青筋。温祚如同将赴刑场的死刑犯一般，用悲壮的眼神望了望同学们和南珠。一种再也无法回到这里的伤感席卷而来。温祚觉得，世界将就此划分界限，自己出教室后，处境就将完全不同了。

慧智戴着耳机，不知道她有没有听见南珠说的话。按南珠的脾气，肯定上去就把慧智的耳机给一把摘了。室长也默默地戴着耳机做练习册。

班主任的桌子上堆的都是教材和教学用品，一旁还放着倾斜 23.5 度的地球仪，让整张桌子看起来更加凌乱了。桌上没有一样东西是整齐摆好的，不是歪歪斜斜，就是乱堆在一起，每件东西都凸显着自己的存在感。

班主任把东西往旁边一推，一只胳膊架在了桌上。这一推不要紧，本该待在桌子边上的地球仪直接被推到了桌角，作势就要掉下去了。温祚见状，赶紧伸出手抓住了地球仪。班主任接过地球仪，放在了胡乱堆放的教材上面。地球仪倾斜得更厉害了，温祚感觉自己仿佛置身于朝某一面剧烈倾斜的空间内，头都晕了起来。

班主任指了指椅子，让温祚坐下。看来谈话一时半会儿是结束不了了。

"温祚，你别误会。刚才午休时我本来想去教室看看，结果无意间听见了你说的话。老师认为，或许能从你讲的那番话里找到解决办法。"

周围的老师们好像也正注视着温祚。他们看似正在各忙各的，但飘忽游离的眼神却出卖了他们。咦，那个人是？好像在哪儿见过。对了，是上回日语课合班时见过的"南珠的心上人"。不知道这段时间内他们二人的关系有没有进展，但温祚隐约记得南珠好像说过一定要拿到他的电话号码。南珠这人，别人的事情上赶着去掺和，真轮到自己了，又成了吃了黄连的哑巴，彻底黔驴技穷了。

那个同学十分老练地敲着班主任的笔记本电脑，好像在整理什么资料。

"我这么说单纯是因为我想起了去年的那个同学。对了，老师您今年才来，不知道也正常。"

越愤世嫉俗，越干巴巴，越硬汉越好。

班主任脖子上戴着的银灰色项链晃了几晃。

"我当然知道啦，当时还上新闻了呢。不过，这两件事之间有什么关系吗？"

说不定老师这是在诱供。所谓的"解决办法"可能只是个诱饵。一定要打起精神来应对！温祚心想，要想不落入圈套，就必须将所有感官调整至最敏锐的状态，只有这样才有可能从天罗地网里逃脱。总之，必须表现得像是咬上了"解决办法"的钩一样。

"我和班上其他上日语课的同学都因为被看作嫌疑人这件事而感到委屈，不过我们还是尝试着换位思考了一下。我们试着站在那个同学的立场上——虽然不知道是谁——揣摩了一下从他偷东西到还回去的那段时间内，他会有何想法。然后，我突然想起来去年那个同学。再这样排查下去，说不定会让第二个人为此丧命。能把东西放回原处，不正意味着他已经充分地进行了自我反省吗？而且，他完全可以把东西扔了，但却还是鼓足勇气把它给还了回去。都做到这个份儿上了，我认为睁一只眼闭一只眼也不是什么坏事，所以才会说出那些话。"

温祚在心里为自己捏了一把汗，她生怕说漏了嘴，急得心脏都蜷缩了起来。班主任听后，低下头陷入了沉思。

"嗯，你的意思我完全明白。谢谢你能说出来。刚才老师也说过了，请你帮忙就是为了找到解决办法。过一会儿就要开教师会议了，说实话，解决这件事的关键就在我和七班班主任手上，所以我俩正为此发愁呢。"

班主任从一片狼藉的书堆里找出了一个箱子，结果地球仪再次失去重心倒了下去。要是掉在地上肯定会摔成俩半圆形，幸好温祚迅速伸手给接住了。班主任却对此毫不在意，打开箱子拿出了一个巧克力，塞进温祚嘴里。

"老师，抽空整理一下桌子吧。生怕别人不知道您是地理老师吗，这也太乱了吧？您老说我们不爱收拾，可您自己呢……"

温祚把几本书整齐地摞在一起，然后又腾出地方，把地球仪搁了上去。

"哈哈哈，你这丫头，还敢唠叨老师。不是还有像你这样，在地球摔碎前一秒帮它维护平衡的人嘛，老师相信你们。"

班主任拍了一下她的胳膊，说道。维护地球平衡……温祚一边尽情品味着巧克力在舌尖融化时的香甜，一边琢磨着老师刚才说的话。这话说得真好。维护地球平衡的人，可以是"在你身边"，也可以是温祚，可以是任何一个人，任何一个人也都可以成为它。就像爸爸生前的角色。

从办公室出来后，温祚在走廊慢慢踱步。西边走廊的窗户上映射着火红的余晖。晚霞从操场边上的白桦枝头缓缓升起。现在正是吐新芽的时节，等到了夏天，白桦的叶子就会迎风摇摆，发出沙沙的响声。此情此景，让人不禁想起夏季刚擦黑的傍晚，鼻尖袭来阵阵清凉的青草味。

晚自习接近尾声时，班主任借着打扫卫生的时间把这件事简短地总结了一番。大家都赞同老师的决定，只有慧智举起手表示异议：

"老师，我认为有必要再考虑一下，这样掩盖事实是否真的是最好的办法。不明确是非的话，又何来正直与正义一

贩卖时间的商店

说呢？"

　　这是慧智有史以来说过的最长一句话。她的耳机里此刻肯定还放着动感的音乐。一番话虽有些盛气凌人，却不无道理。班主任冷静地接过慧智的话，回答说：

　　"这世上更多的是没办法明确划分界限的东西。在法庭上，也经常能看到感人至深的判决。老师不久前在报纸上读到了一个故事，主人公是和你们一般大的同龄人，大家想不想听呢？"

　　同学们一个个像小学生似的，兴奋地拍着桌子让老师讲故事。也是，不管是高中生还是小学生，都抵抗不了故事的魅力。原本昏暗沉重的教室里像突然亮起了一盏明灯一般，氛围顿时变得明朗起来。

　　"这是针对一个偷摩托车的少女做出的感人判决。当时法庭上的气氛紧张到极点，少女不知道自己会被判处几年和多少罚金。可法官进来后，却让少女起立并大声重复自己的话。法官大声喊出'我是世界上最酷的人'这句话，不明所以的少女用蚊子般的声音跟着念了一遍，到最后一个字时都没了声音。法官见状，让她再大点声。'我无所不能，我毫不畏惧，我不是一个人'，少女跟着法官大声喊出这些话，在念到'我不是一个人'时，她哽咽了，泪水决堤而出。"

　　班里随处传来唏嘘声。班主任似乎有些口干舌燥，中途停下来咽了好几次口水。

维护地球平衡的人

"法官最后大声喊道，'我比任何人都要重要'，少女最后喊出这句话时，整个法庭都成了泪水的海洋。尽管那个少女曾因犯下11起盗窃和暴力犯罪而多次站上了少年法庭，但法官依然只判处她起立喊话。这是因为法官得知了少女的成长经历。少女在上中学前一直都是模范学生，直到在某次回家的路上遭遇了性侵，这才让她自暴自弃，逐渐变得不合群。虽然接受了治疗，但伤痛并未痊愈，反而将她引上越发堕落的道路。法官在最后对旁听席说道，我们都是这位少女的加害者，我们能做的只有帮她重新树立起自尊，帮她重新找回自爱的勇气，这就是我们的工作。那场感人肺腑的判决也到此结束。"

班主任的声音也同那个法官一样颤抖着。教室里到处都响起了抽泣声。南珠正忙着用纸巾擤鼻涕，过后又用那张纸巾抹眼泪。

"我相信不用再多说什么了吧，刚才那个故事足以回答慧智的问题。大家快回家吧。好了，公主殿下们，路上注意看车，小心坏人，知道了吗？"

同学们眼圈发红，再次像小学生一样大声回答：

"知道啦！"

温祥像长了翅膀一样飞奔回家。那是个神奇的春夜。她切身感受到"真实足以撼动遥远的宇宙"这句话的含义。

温祥前脚刚到家，后脚就打开电脑，点进了商店。果然不出所料，"在你身边"发来了私信。

贩卖时间的商店

在你身边：事情似乎能妥善解决了。眼下你也可以放心了。这件事能顺利解决，多亏了柯罗诺斯你一番机智的搪塞。我承认，你完全有成为这家商店主人的资格。

他怎么知道事情很顺利的?

越琢磨，心情就越微妙，好像自己被"在你身边"玩弄于股掌之中。他怎么会跟亲眼所见一样了如指掌呢？温祚越来越好奇"在你身边"的真实身份了。"正面冲突"，这是温祚遇到问题时的解决办法。不管发生什么事情，只要抱着视死如归的决心，那么问题反而能迎刃而解。今天中午她要是一直只顾着想办法，而没有对同学们说出那番话的话，肯定不会出现这样的结果。尽管正面冲突多少会让人害怕和恐惧，但有时确实是能让问题最快得到解决的办法。有疑问和疑心的时候，打破砂锅问到底才是正确的做法。

柯罗诺斯：我有没有机智地搪塞，你又是怎么知道的？

在你身边：不管怎么说，我们班既然是这次事件的发源地，那受到的影响自然也就最大、最尖锐且最剧烈了，一想到这段时间你内心的焦灼，我就心生歉意。我们班主任在放学前给我们总结了一下，说我们还都是未成年，本就是很难抵制住诱惑的年纪，而那个同学却能在这样的年纪把东西还回去，并反省自己的行为，这一点就足以被原谅了。老师们在教师会议里达成共识，决定把这件事掩盖过去。另外，今后会多加注意，以免发生类似的事情，并对家长进行安抚。想必你们班也是这么总结的吧？对于这个解释，你满意了吗？

柯罗诺斯：不知道你的抱歉是不是真心的，但我还是选择相信你。我虽然因为这件事吃了不少苦头，却也学到了很多。而且，还有人说我是维护地球平衡的人哦。

在你身边：维护地球平衡的人？这说法是不是有点太宏大了？

柯罗诺斯：你越来越让人不爽啊。真是失望，我还把你也算在里面了呢，看来得重新考虑考虑了。一只只默默无闻的工蚁不也是在维护地球的平衡吗？虽然不是自己下的卵，但蚁群为了保护这些卵能举起比自己重好几倍的石头呢。这次和你的交易进展不太顺利，但作为商店的主人，很高兴能看到我们的交易圆满结束。

在你身边：还是要谢谢你。不过，我们的交易是否到此结束，或许还要再观望观望呢。你不觉得这事解决得太过轻松了吗？虽然费尽力气把火灭了，但似乎还有残留的火星，搞得我心里总是不得劲。

总而言之，晚安。拜拜。

真有礼貌，"在你身边"说完自己想说的就下线了。温祚的心本来无比轻快飘逸，但看到"在你身边"说的"残留的火星"后，又"啪嗒"跌回了地面。这耳根子真不是一般的软。不管怎么看，自己都不像是做老板的那块料。假如现在真如"在你身边"所说，自己没能找到问题的症结所在，只是隔靴搔痒呢？一想到这，温祚的心又沉重起来。

漫长的一天又过去了。

请帮我把妈妈放进冷柜

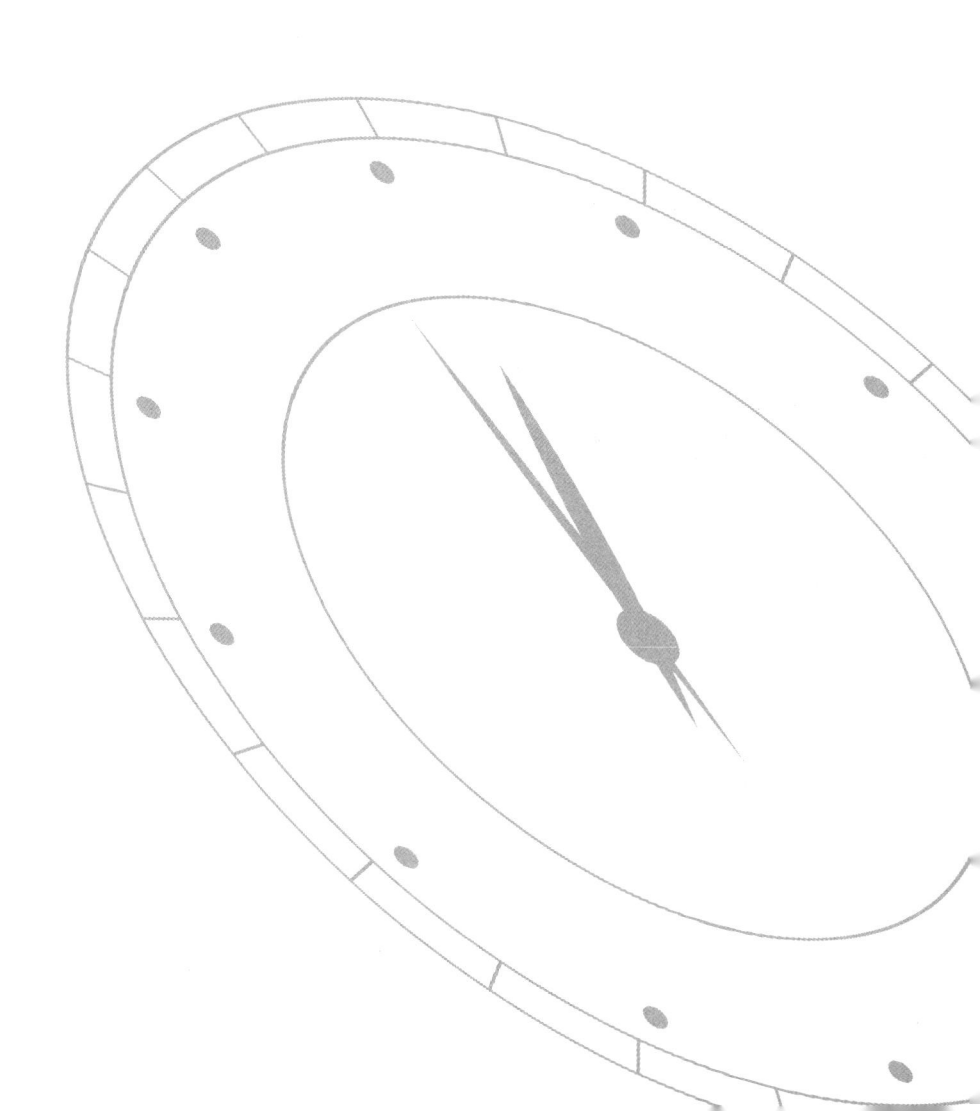

那是操场边白桦的新叶在风中摇曳的六月。生物老师朝窗外望去,感叹今年的春天不仅没有了花香,就连蜜蜂也消失不见了。他顶着一头蓬乱的头发,身着军旅风服饰,像只刚从冬眠里苏醒过来的棕熊,呼哧呼哧地长吁短叹,仿佛要窒息在懒洋洋的春日里。老师此刻的表情像要哭了一样,人送外号"时代仅存的浪漫主义者"的他坚持自创的单身论,表示要为了那一个没有配偶而独自哭泣的人坚持不婚。棕熊说过,自己等的是一个杏花般的女孩。"杏花般的女孩",大家不免都感到好奇,那会是一个怎样的姑娘啊。

"同……同学们,蜜……蜜蜂消失的话,会带来什……什么影响呢?"

生物老师一开始结巴就意味着他又陷入了忧郁。这也是生物老师的一大特征——本来还好好的,可一旦陷在某个念头里就会开始结巴。

"会……会有什么影响呢?老……老师?"

洪南珠说。同学们一听这话,扑哧一声笑了出来。

"洪……洪南珠，那你……你来说……说看。"

棕熊涨红了脸。南珠立马腾地站起来，十分礼貌地作答。刚才学棕熊说话时的顽劣已不见了踪影。

南珠的直觉果然够灵敏。棕熊的脸涨红就是他那脱缰野马般的野性复苏的征兆。全校师生都对这一点了然于心。一碰上这种情况，千万不能与他对视，要装作吓破了胆的样子下跪求饶。

"老师，对不起。蜜蜂要是消失了，那我们就没蜂蜜吃了。"

"哈哈哈！"

全班哄堂大笑起来。棕熊也转怒为喜，发出一阵气球漏气的声音。脸上的红潮也徐徐退了下去。他一边挠了挠飞蓬一般向天冲起的头发，一边说：

"人类将会消失。"

棕熊那关乎地球众生的命题轰然坠落在教室里。棕熊这回也不结巴了，还干脆利落地一改之前憨厚的表情，变得严肃起来。这世上怕是找不出第二个像他这么变幻莫测的人了。春日绵长的懒散不知何时也销声匿迹了。

"有谁能来证明一下这个命题？好，生物博士白温祚！"

温祚从小就被妈妈领着踏遍山野，被灌输了各种植物的名称，因此对大自然多少有些了解。对这年头的孩子们来说，这已经算得上是门绝技了，所以大家才会喊她"生物博士"。每

贩卖时间的商店

当温祚对树木或绿植的名称对答如流时,生物老师棕熊都会惊叹不已,一边发出特有的笑声——"哦呵呵呵",一边夸赞这样的学生真是难能可贵。

正当她准备站起来含糊其词的时候,慧智举起了手。最近不知吹的什么邪风,上高二后还是头一回见慧智举手。

"在生态系统中,蜜蜂起着授粉的作用。蜜蜂一旦消失,一众虫媒花将无法进行授粉,也就无法结果。如此一来,我们身边的许多食物将消失,而这将如多米诺效应一样影响到其他生态系统,最终导致人类的消失。"

"哇……"

班里响起了掌声。面若冰霜却钟爱震耳欲聋的摇滚乐,慧智到底是从哪颗星球来的?温祚一直对慧智一到休息时间就听的音乐感到好奇。某天,当她把耳朵贴在慧智的头戴式耳机上时,着实大吃了一惊。在试戴慧智的耳机前,温祚一直都不敢随便谈论有关她的事情。耳机里的音乐节奏飞快,摇滚乐手的嘶吼更是让耳咽管的气压形同虚设,温祚只感到神昏意乱。在慧智的缄默和冰川般的沉稳背后,原来藏着如同火山爆发时喷射出的炽热熔岩一般的摇滚乐。

南珠平时一看见慧智,就会揶揄她往后三代都是惹人厌的大讨厌鬼。但是,大讨厌鬼也不过只是个平凡的韩国高中生,也要为了从千军万马里杀出重围而拼尽全力。

温祚顿时感觉和慧智走近了一步。原来她并非来自火星,同为地球人的认同感把横在她们之间的半透明隔断给撕毁了。

"吴慧智,说得很好。明明口齿这么伶俐,之前怎么跟牙齿粘住了似的?这孩子真是让人捉摸不透,跟我一样,哦呵呵呵……"

棕熊又挠了挠头发。他每次一挠头,头发就越发膨胀,铆足了劲儿立在那儿。他应该会洗头发吧?

"那是什么导致了蜜蜂的消失呢?"

"……"

"嘴巴都让蜜给粘上了?还是一个个都跟闷葫芦亲了嘴儿?拜托你们说两句话吧。"

同学们都被逗得咯咯笑。

"笑什么笑,笑的时候嘴倒是能打开。地球变暖造成的气温变化负有一部分责任,然后过度使用杀虫剂、电磁波……特别是人手一个的手机干扰了蜜蜂的信息系统,再一个就是气候变化引起植物们的反抗。证据都不用费力找,我们眼前就有。把窗户打开,看吧。"

棕熊指着窗外说。洋槐上缀满了白花。坐在窗边的同学打开了窗户。

"闻到香味了吗?"

什么味道也没有。大家这才发现,今年连槐花都不香了。去年这时候,山坡上的槐花还香气四溢的,浓烈到让人头晕,今年的六月却在不知不觉间就来了,连花开花败都没让人察觉。好在还有公园作为城市的换气口，人们可以通过公园附近野山上槐花的怒放与凋谢一窥春去夏来的踪迹。

"洪南珠说得没错，我们也要跟蜂蜜说再见了。蜜蜂就是自然，是浩大的自然。它看似只是微不足道的寸丝半粟，但它其实是自然秩序的全部。这是为什么呢？因为一只蜜蜂就能让一切都崩溃。一些看似坚固无比，好像永远都不会崩坏的东西，反而会以让人诧异的方式倒下。"

棕熊的表情很严肃。

"所以我才觉得这个春天很悲伤，无止境的悲伤。我伤心是因为变迁的速度过快，而这将招致可怕的后果，带来流水逆行一样的异象。这种异象就像刹车失灵的汽车一样停不下来。这就是我们曾深信将亘古不变的事物开始造反的开端。"

说到这，下课铃正好响起。棕熊低垂着脑袋走出了教室。

棕熊加入了爱环会（热爱环境的教师聚会）。一开始大家以为那是"爱情环环扣聚会"的缩写，还说棕熊肯定会为了能娶到媳妇而使出浑身解数，所以经常拿这个打趣。

"哎，我们可爱的棕熊生怕地球会停止自转，每天肯定连觉都睡不好，所以才会蓬头垢面的，像只被失眠困扰的孤独棕熊。不过，咱们棕熊老师还是非常可爱的。瞧他那纯真的表情和眼神，真是可爱到爆！"

棕熊前脚刚走，南珠就溜过来找温祚说话。温祚盯着南珠说：

"你啊,你的心到底在谁那儿?是七班的完美少年,还是棕熊啊?"

"天鹅公主,你太不懂我了。也是,谁让你是公主殿下呢,你怎么可能知道王宫外狂风暴雨肆虐的世界与爱情呢!"

到了日语课合班的时间。温祚把七班的男生都打量了一遍。"在你身边"就在其中。可不管她怎么看,也没发现任何端倪。"是不是你?"她真想揪住他们的领子,一个个逼问,但她作为贩卖时间的商店主人,多少要维持一下风范。毕竟合同的第一条就是不能打探委托人身份。温祚摇了摇头。

她找到了南珠喜欢的那个完美少年,他正在和前桌聊天。冷漠的家伙。南珠多半是得了在喜欢的人面前就会变成温顺羊羔的病。在最近发生的事情中,最不能让温祚理解的就是完美少年面前的南珠。原本吵吵闹闹的南珠一到日语课上,就像蔫茄子似的收敛了起来,别提有多装模作样了。

疆图就是在那时候联系她的。这也说明两个月前约好的日子已经越来越近了。疆图正式发出了邀请,说自己还是没有做好与爷爷一起吃饭的准备,想请温祚再次替他出席。看来疆图的心意与两个月前别无二致,依旧对有关爷爷的事情闭口不谈。

不是第一次见面,这已足够让温祚安心了。第二次来到湖畔烧烤的心情与两个月前第一次来时截然不同。钢琴曲《菊次郎的夏天》在餐厅里明快地回响。看天气,似乎马上将有一阵急雨轻快地落在湖面上。湖水周围水草繁密，为湖面围上了一个碧绿的腰带。出落得亭亭玉立的垂杨柳摆动着纤长的枝条，朝人招着手。一想到又要和爷爷见面聊天，温祚甚至有些激动。爷爷是那种让人一想起来就会心情变好的人。到底疆图为什么这么不愿意和爷爷见面呢？温祚觉得，疆图心里明明仍挂念着爷爷，却要硬着头皮压抑着那股情感。等它越积越多，要满溢出来的时候，他的心将不可抑制地疼痛。

"这么早就到啦？是我来晚了吗？"

爷爷身着藏蓝色西服，脖子上围着暗粉色丝巾，笑逐颜开地坐了下来。

"没有，爷爷，是我来早了一些。这段时间您还好吗？"

"疆图呢？他还是不愿来见我吗？"

爷爷左顾右盼地想要找到疆图。他知道，疆图不是因为有事才不能来的。

"嗯？他说还没做好心理准备……"

"算了。你是叫温祚吧？能见上你一面，我就满足了。其实，虽说今天是和疆图见面，但一想到温祚你也要来，我就非常激动。我这老头子是不是有点自作多情了？"

"不是啦，爷爷。我本来应该和疆图一起来的……"

谎话张口就来。她甚至有种自己真成了疆图女朋友的错觉。

疆图要是能来，那温祚就没必要出现了。委托人希望自己的一切都不被暴露，所以彼此之间是不会见面的。他们为了守住自己的秘密，对商店的事情也会三缄其口。因此，贩卖时间的商店的访客只有固定的几个人。大部分是在搜索与时间相关的内容时，偶然点了进去。温祚开网店的消息这才没有轻易流传出去。南珠目前也不知情。只要温祚不说，她就不会知道。南珠对柯罗诺斯、卡伊洛斯什么的一点都不关心，更别提在网上搜索了。

"本来不该放任疆图独自一人的，但他这么固执，我也没办法了。"

爷爷的声音低沉了下去。里面饱含对孙子的担忧和疼爱。

"温祚啊。"爷爷无比温柔地喊了温祚一声。那声音就像小时奶奶在哄她一样。

"嗯？"

"有件事想拜托你，不知你愿不愿意？"

"嗯，您说，只要是我能做到的。"

不知道会是什么事情，温祚虽有些疑虑，但爷爷的声音里带着一丝让她无法拒绝的恳切。

"你和疆图肯定是亲密无间的伙伴，我就把他托付给你了。现在疆图最信任的人应该就是温祚你了。本该给他留下个好印象，但我已时日无多。不管他说什么，总得有个人在旁边倾听，我希望那个人是温祚你。"

疆图之所以最信任温祚，是因为他们之间的匿名性。匿名带有让人放松警惕的力量。对疆图来说,不用曝光身份,还能根据他的需要为他做事的,只有温祎一个人。

"我自己也需要一点时间。目前我还没办法接受那件事情。就是疆图他爸爸的事情,那件事情对他来说应该是最大的负担了。"

温祎听得有如云里雾里,像是盯着一块空白的拼图板,而拼图碎片则胡乱地堆放在一旁。温祎已知的碎片只有两块——疆图和爷爷。不,还有一块,疆图的爸爸。这一家子到底发生了什么事情呢?

上菜了。爷爷的神情与上回不同,既不放松,也不坚定,像根火势已息的柴火,又像不再笔挺的软塌塌的衣服。看来这次没办法像上回一样愉快地享用午餐了。"第二次"意味着留有给对方透露更多心意的余地。人与人之间可以有无数次相逢,但却绝对没有一模一样的会面,总有什么会发生变化。今日的我已不同于昨日,更何况是与他人的相遇,究竟有多少变数呢?

温祎太想了解其中的始末缘由了,一时却又问不出口。

"都怪我把气氛搞得太凝重了,快吃吧。"

温祎面前摆着一盘芝士焗意面,而爷爷面前则是一盘海鲜炒饭。温祎在吃进最后一口意面时,下定决心要鼓起勇气。她打算胡诌一番,就说疆图对此只字不提,自己实在不知道该怎么帮忙。

湖面风光与二月前相差无几，仍有几只白色游船浮荡在水面，周围的人比上回倒是多了些。有的铺开垫子，躺在上面；有的在湖边散步；有的坐在长椅上。唯一不同的，就是对面山上闲挂着的一朵乌云了。

"看来疆图什么也没告诉你。也是，那么可怕的事情，他又如何说得出口呢。"

温祚立马竖起了耳朵。终于听见了苦苦等待的那句话。她清了清嗓子，拾起咽下最后一口意面时的勇气：

"咳咳，爷爷，不好意思，如果您想让我给疆图帮上一点忙的话，那我必须知道发生了什么事情，疆图他根本……"

温祚不知道该如何说下去，最后也没了下文。

"是啊，跟我和他爸爸相比，那小子心思要深沉得多。我也明白疆图的左右为难。不知怎么就走到今天这一步了。疆图他无论如何都说不出口的，更何况还是在自己的女朋友面前。还是我来告诉你吧。其实我也不忍心提起这件事，但为了疆图，我还是要说。"

疆图的家人在他上中学那年去了美国。曾在韩美合资企业工作的疆图爸爸进了总部，而疆图妈妈正好也打算赴美读博。因此，疆图很自然地踏上了留学路。

当时，爷爷正好开始厌倦只顾往前奔的生活。他不想和别人一样，在墓碑上写下"明天才会幸福的人长眠于此"。顺理成章的，爷爷越发不想再这样随波逐流下去——他想让儿子继承自己的事业，但儿子却想让父亲为他补贴移居美国的家用。在此之前，爷爷从来都是顺着孩子的心意，为了让孩子成才，他把公司迁去首尔，只为让孩子接受最好的教育，哪怕要缩减事业规模，他也任劳任怨地打拼，以供孩子留学。

当爷爷后悔不该将财产一股脑儿地都给孩子时，疆图一家早已身在美国了。

爷爷下定决心，为了实现过去因为犹豫而一拖再拖的自由生活，必须果断行动起来。他丢弃了所有通信设备，决定去旅行。对爷爷来说，这是他在当前最想做的事。

奶奶坚决不同意和爷爷一起旅行，说必须得有个人看家，这样孩子们回国的时候才能有个去处。想想不过一年而已，爷爷一狠心就出发了。每到一个地方，他都会给奶奶寄去一张无字明信片作为问候——在印度恒河边拍下的火葬场，在尼泊尔桑冉库特拍下的鱼尾峰，在土耳其伊斯坦布尔清真寺拍下的华丽的纹饰，在德国、瑞士、布拉格……

偶尔通话时，奶奶都会说一切都好，无须挂念，反而担心地问候起爷爷的情况，让爷爷多注意身体，还说出门在外，她实在是放心不下。

爷爷以为奶奶真的过得很好，却没料到奶奶的身体突然垮了。在空无一人的家里，孤独侵袭了奶奶的身体，一处接一处，彻底击垮了奶奶的身体。

爷爷回家时，奶奶的病情已经恶化了。一病不起的奶奶唯一的愿望就是一家子聚在一起吃顿饭。奶奶说，自己每天从病床上醒来的时候，真想摸摸疆图的脸。爷爷虽然联系了儿子，但他却以经济状况不允许为由拒绝了。

无可奈何的爷爷只得飞去美国找到小两口。他去了儿子的公司和儿媳妇的学校，却没能见上面。儿子出差去了外国，儿媳妇和女儿又联系不上。爷爷觉得自己成了块没电的废电池。废电池除了进垃圾桶，没有别的去处。爷爷跟跟跄跄地走着，在一个陌生的地方出了交通事故。待他清醒过来，剧烈的疼痛顿时翻涌袭来，爷爷真想逃回昏迷状态。

结果，奶奶在爷爷住院期间离开了人世。爷爷回家后，发现奶奶被放置在医院太平间的冷柜里。

"我联系不上您，打给您儿子又说现在赶不回来。您知道您儿子说什么吗？他让我把奶奶放进医院太平间的冷柜里。我活这么大岁数还是头一回遇见这样的坏种。也算我多事，我骂了他几句。'你个烂人，你还算是个人吗？有一百个博士学位又有什么了不起的，对自己的父母都不管不顾。'结果他就挂了。我按捺不住自己的怒火就又拨了回去，骂出了我这辈子都不敢说的脏话。当年您闺女儿子在国外拿到了博士学位，还在小区庆祝了一番呢，您说这叫什么事儿啊？我一个外人都看不下去了，更何况您和奶奶呢。所以奶奶才会给我留下了那样的遗书。我实在不忍遵循奶奶的遗嘱，所以就照您儿子说的把奶奶送去了冷冻室。以后我再去请求奶奶的原谅就是了。"

原本气呼呼的邻居大妈最终还是抽泣着将那天的事情转告给了爷爷。爷爷遵循奶奶的遗言，将她火化后挥洒在了风中。

那天，爷爷把儿子告上了法庭，要求他偿还自己给予的包括留学费用在内的所有安置费。

"那天，就是老婆子化成灰后飞走的那天，疆图就在我身边。只有疆图对奶奶的死感到悲伤。老婆子直到死后化成了骨灰，才终于触到了疆图的手，随风散开了。疆图说自己既不会回美国，也不会和我一起生活。我没能给他树立个好榜样。能和他用这种方式联系，我就已经很感激了。还需要一点时间吧。我需要时间，疆图也是。"

挂在对面山上的那朵乌云总算是酝酿出了一场阵雨。一下雨，湖边的人们都开始跑起来了。骤雨越过山峦，来到了湖面。雨的踪迹清晰可见——先是远方的湖面泛起涟漪，渐渐地，雨滴落得越来越近。餐厅里响起了凄楚的《菊次郎的雨天》。湖畔烧烤餐厅内外的景象真是对比鲜明。

"是我自己先犯下了错。怪我告诉他只管好学习就行，怪我让他埋头前进。回想起来，我不过是得到了应有的报应而已。"

爷爷深吸了一口气，连说话都让他痛苦不已。

"那是疆图爸爸刚升入高三的时候。那家伙成绩还不错。别说是过年过节了，就连我那在乡下的老母病危时都没有让他去，就是为了让他专心学习。事到如今，再后悔又有什么用呢。再怎么试图挽回，也不过是白费力气罢了。我对这样的自己感到愤怒，又觉得疆图他爸可憎至极。"

爷爷在深吸一口气后，很长一段时间都没再开口。

"是我做出了有违常理的事。我想打破那种所谓父母绝不会背叛孩子的信念。我必须要给世人敲响警钟。只有无辜的疆图在心里吃了不少苦头。"

温祚觉得自己成了罪人。她不敢与爷爷对视。温祚觉得胸口憋得慌，疆图默默忍受着内心的煎熬，而她对那种悲伤感同身受。

爷爷的脸忽然与棕熊的脸重叠起来。深信不疑之事的背叛，棕熊所说的伤感也许就是这种感觉吧。那些我们曾坚信始终都会守在自己身边的人或事，却背叛了我们。在它们反目的那一瞬间，双方是否就成了飞向彼此的匕首呢？

"这事说来也很惭愧。疆图毫无防备地就被牵扯进来，我对不起他。就是在我死之前得到了疆图的原谅，也弥补不了对他的伤害。"

爷爷约疆图两个月后再见面。他希望到时疆图就能回心转意，愿意与自己见上一面。爷爷说，虽然没有定数，但他坚信那时事情会有所不同。爷爷在告别时，轻拍着温祚的手背，嘱咐她一定要和疆图一起来。

天国的
邮递员

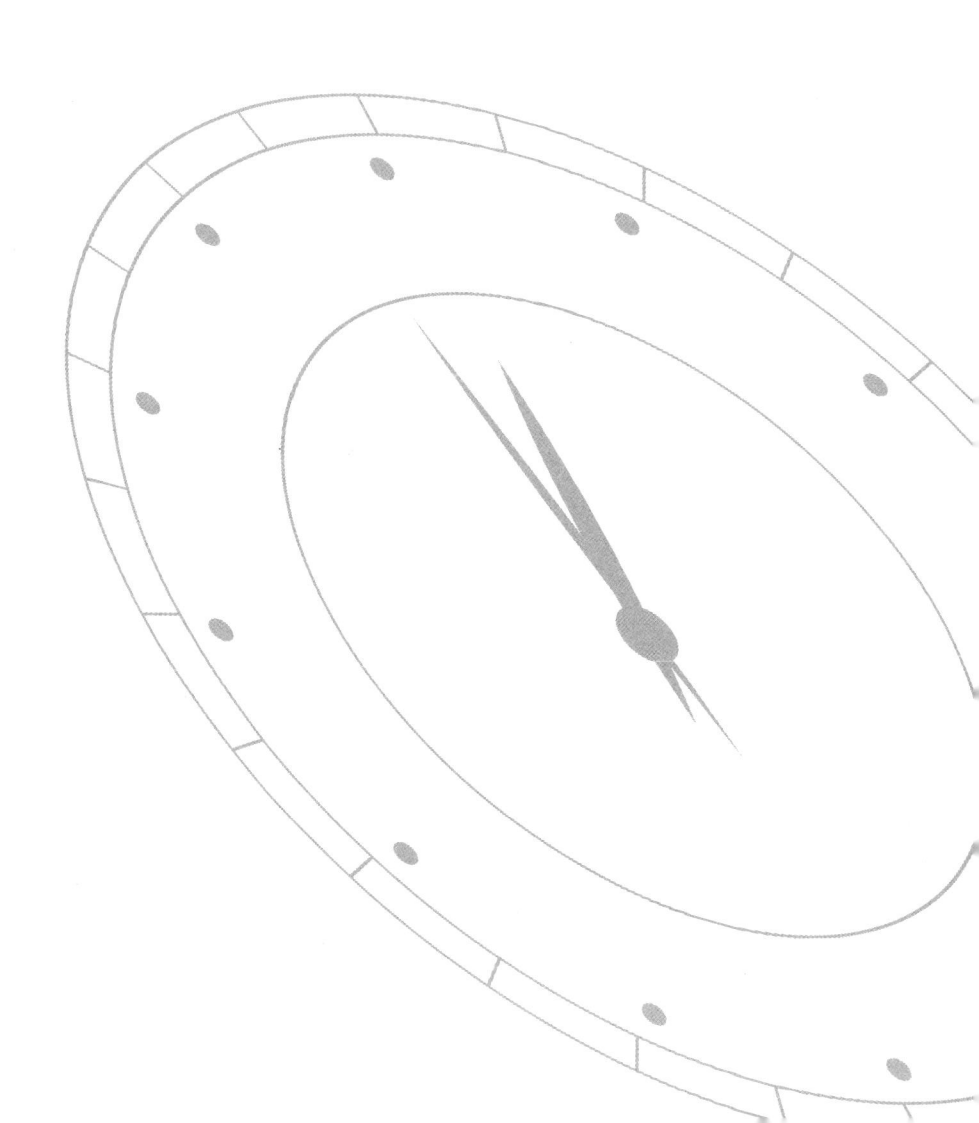

春天过去了，伴随着温祚经历了三次模拟考试，一次期中考试，多次遂行评价①和随堂考。其间，温祚还收到了几个委托——有委托她网购2PM演唱会门票的，有委托她去SHINee②演唱会排队的，还有委托她买菜的。这种事情完全可以交给跑腿代办或者超市员工去做，所以温祚郑重地拒绝了。这并未违背她对柯罗诺斯许下的誓言，所以她拒绝得理直气壮。

不过，一个月两回的邮递员工作却让温祚感到无比愉快，她甚至因为需要邮递的信件逐渐减少而有些失望。这份工作是在她好不容易处理完赃物事件，终于能松口气的时候接下来的。委托人委托她每个月两次亲手将信件送至指定地点，不是通过邮局，而是要亲自把信放进指定的邮筒。这要求像极了黑帮电影里常见的利用中间人传递可疑物品的手段。温祚心里不

---

① 韩国中学对学生学业进行评价的一种重要方式，考核方式有论述、口述、技术考试和研究报告等，是学生升学参考的重要内容。——译者注
② 两者均为韩国偶像组合。——译者注

免有些不舒服。她要求了解委托理由，对方立马就回了一条私信，说是"出于想要留住一点时间的殷切之情"。一句"殷切之情"，让温祚突然放下了心，但在对方把信件一次性邮过来前，她还不能放松警惕。直到一个由"野花自由"发出，内含多封信件的包裹被送来后，温祚这才完全放下了心。包裹里装着封好的信件和各种颜色的押花。每一层纸里都夹着精美的押花，动之便簌簌作响，纸张下方字迹整洁地写有花名。这些信件的地址都一模一样，但收件人却各不相同。收件人的名字也很特别——鳞叶龙胆、蒲公英、附地菜、映山红、通泉草、獐耳细辛、鲜黄连、槭叶草、芝樱、荷包牡丹、水仙花……摸押花时稍一用力就会发出啪嚓的响声，温祚只得小心翼翼地翻动。这些押花看起来仿佛不属于人间，迷离且惝恍，又显得哀伤。里面还有一张字条，嘱咐她按信件编号发出，并根据收件人名字在封皮上贴好相应的押花。

抽去交通费后，委托费便所剩无几了，甚至还要倒贴钱。在寄出包裹后，野花自由便再无音信。纯粹的委托理由——"殷切之情"和那美到令人恍惚的押花，让温祚彻底着了迷。

虽然送信的路途遥远，需要换乘好几次公交，但温祚却像出游一般愉快，仿佛自己成了那个说不出口，只能用信来表达心意的当事人，心潮跌宕起伏。温祚把粘有押花的信封仔细夹在书页里，一路上都小心翼翼的，生怕它会乱动。那感觉好比手持花函，踏入了童话世界一般。一月两回，次次都如倾听天国的密语。

今天，温祚踏上了送出第五封信的路。信封上粘着藕荷色獐耳细辛。獐耳细辛的叶片薄如纸张，为了不让花朵破碎，她费了好一番心思。镇上小学的后坡上有个不大的图书馆，邮筒就立在前面。

每回上坡的时候，温祚都气喘吁吁的。今天又出奇地热，害得她直冒汗。看来夏天要来了。

邮筒旁坐着一个托着腮的女孩。直到送出第四封信，温祚也从未在图书馆前碰见谁。难道那个孩子就是"獐耳细辛"？温祚在走向邮筒前犹豫了一下。委托人并未提到要秘密地送信。尽管如此，任何委托给贩卖时间的商店的事情都有一个前提，那就是保密性。

"你在等人吗？"

温祚朝那个孩子问道，她正托着下巴远远地望向山坡下面。孩子仍支着下巴，转过头抬起来瞧了瞧温祚。

"嗯，草叶班上只剩我没收到信，所以我在这等信来。不过，你是谁呀？"

"嗯？我正好路过，看见这么漂亮的图书馆，就过来看看。你的朋友们呢？"

温祚朝图书馆里张望了一下，馆内仍旧很安静。

"野花班的姐姐们正在受罚。"

"为什么？"

"看那边。"

顺着孩子的手望去，那边是一个花坛。粉红的芝樱全被拔去，露出了下面红色的泥土。

"野花班的姐姐们一封信也没收到。野花班的姐姐们说小老师不守约定，就把那些花都给拔了。我也想拔，但我忍住了，站在一边。结果姐姐们拔花的事被大老师发现了，现在正挨骂呢。"

"那小老师现在在哪儿啊？"

孩子并未作答，只是用右手食指指了指天空。飘动的云朵近得像要掉下来一般，让人眼前一晕。温祎觉得口渴，喉咙里像要冒烟似的，干巴得连口水都咽不下去。

"可爱的小妹妹，能不能去给姐姐倒杯水呀？"

孩子跑进了图书馆旁的里院。温祎连忙拿出信封投进了邮筒。

喝完水，温祎走下坡，路过光秃秃的花坛时，她心里像被狠狠挠了一下，刺痛起来。温祎想起了剩下的信，它们都是"想要留住一点时间的殷切之情"。不，是"迫切之情"。

在回家的公交车上，温祎的泪涌了一路，眼眶干涩且酸痛。小老师或许也是奶奶所说的"走得太可惜，不忍送走"的人。不知为何，一阵悲伤袭来。她真想出声大哭一场。

时间真的如此令人扼腕、残忍无比，而又无限悲伤吗？有时人生就像一场战争，一场爆发在想与之朝夕共处的人和不想如此的人之间的战争。与前者一起的时光是那样哀婉吝惜，而后者却连一秒也不愿多给，两者碰撞下生出激烈的纹路，到头来不正是生活的形状吗？小老师的能量超越了时间，让死亡也不得不退让。死亡并不是终点。爸爸与她共度的时间超越了死亡，在温祚心里复活，不差分毫。

拂过
白桦的风

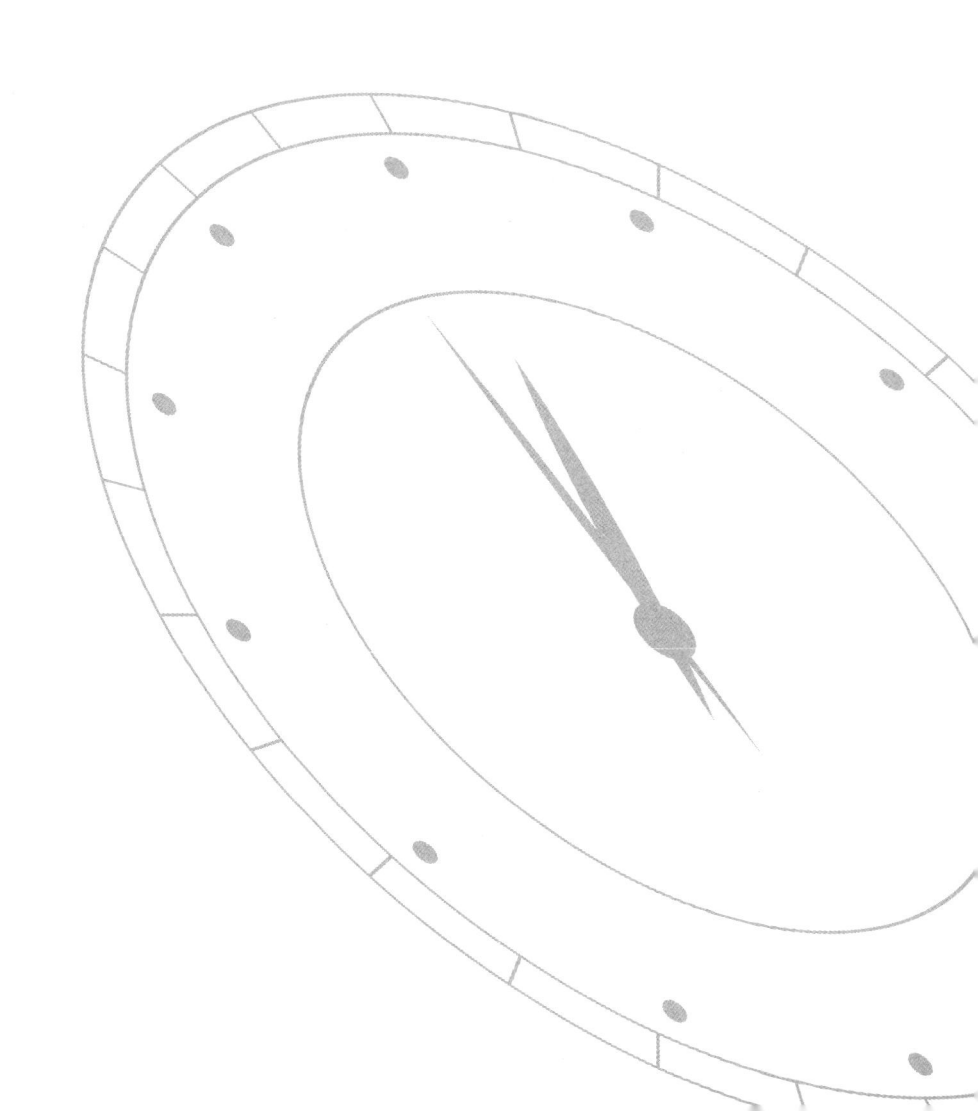

南珠的话明显少了。连她那敏锐活泼的直觉也像麻痹了一样，最近都不怎么调动了。这都是因为七班的完美少年。完美少年似乎对南珠一点意思也没有，南珠给他发短信也不回，她说自己真是老牛爬坡——筋疲力尽了。那副垂头丧气的样子一点也不像洪南珠。

南珠不仅开始经常望向窗外，甚至还会向温祚叽叽歪歪地倾诉。谁都没料到，竟然会有洪南珠跟白温祚倒苦水的一天。她还说，心悦君兮君不知，好比剜去我的心尖肉。说着眼圈就红了。

晚自习结束的钟声敲响了，南珠也不收拾书包，就那样无精打采地坐在位子上。这场景可不多见。她的肩膀耷拉得不能再低，手都快挨着地面了。

"怎么了，这可不是你的作风。我看你就差要钻地了。本以为你还挺潇洒的，没想到这么传统啊。"

听了温祚的话，南珠收回了散漫的视线，乖戾地说：

"喂，白温祚！别人不懂我也就罢了，没想到你竟然会说出那种话。你对别人那叫一个宽宏海量啊，连对那个小偷都装得那么宽容。你说我传统？那什么才叫潇洒啊？就算他是真的对我没意思，那我是不是要说什么'你这种货色就是送到面前我也不要'，才称得上你嘴里的'潇洒'啊？"

温祚好似被钝器狠狠敲了一下后脑勺。说自己装？这也就算了，她根本就不是温祚认识的那个南珠了。温祚认识的南珠，常把"不要就算了"挂在嘴边，洒脱肆意，大大咧咧且从不记仇。

南珠连珠炮似的没好气地挖苦了一番，随后便扬长而去。温祚连忙一边追赶，一边喊她。她已经不再是那个做事优哉游哉、喜欢招惹别人、摸不清脾气的南珠了。

"对不起，我说话没过脑子。刚才说你潇洒、说你传统的话统统收回，消消气吧。"

南珠猛地停了下来，转过头正对着温祚，盯着她说：

"倒是你，最近到底都在忙些什么啊？我看你才像是魂儿飞去外国了呢。从去年春天开始，我就觉得你不对劲，你对我更是一点都不关心。好不容易跟我说上一句话，结果还要来伤人家的心。"

"我都说了对不起了，别这样了。"

温祚挠挠头，抓住南珠的手晃了起来。南珠此刻虎视眈眈的，那架势仿佛谁要是敢招惹她就能把人给生吞活剥了。

"哎呀，别瞪我了，吓死人了。"

"温祚，我也不知道自己为什么会这样。说出来有点丢脸，但他的样子就是在我的脑海里挥之不去。这就是所谓的情有独钟吧。从早上睁开眼到晚上睡觉，甚至连梦里都在想着他，我很厌烦这样的自己，也很寒心。一开始我也很混乱，不知道自己是不是真的喜欢他。"

温祚更加用力地握住了与南珠十指相扣的手。看来事情比想象中还要严重。

"南珠，现在这个问题已经很明白了。因为上回你跟我提到他的那一瞬间，就说明你心里已经有答案了。话语就是有这种力量，把不确定的事情变成确定。"

"是吧，是这样的吧？"

温祚点了点头，再次发问：

"那个男生到底好在哪儿啊？偏偏能入了洪南珠你的眼？"

"一见钟情这种事，确实像你说的那样很传统，我以为只有爸爸妈妈那个年代才会发生。这个事情没法用逻辑说明，他就这么突然闯进了我的心里，不由分说地赖下了，赶也赶不出去。没法用语言讲清楚的。"

南珠是真的出问题了。这无法用逻辑说明，而且极其不合逻辑。南珠接着说：

"上周日我正往图书馆走呢，就是我说有约的那天。我慢慢吞吞地爬着坡，就在我爬到顶的那一瞬间，有个男生骑自行车从坡上下来了，那个男生就是他。一头短发随风飘逸，那画面太绝了。你知道那种清凉感吧？就好比口渴的时候，打开一罐雪碧，然后喝下的第一口，麻酥酥的。搞得我的心又开始怦怦直跳。"

看来不合逻辑的事情很容易发展过快，温祚觉得南珠像是坐上了一辆横冲直撞只顾着加速的车。

"他应该是没看见我，径自骑走了。我好像怎么也入不了他的眼。可感情又不是说收就能收的。我怎么可能不想去争取，可我现在是能一心二用的时候吗？成绩一塌糊涂，模拟考排名也垫了底。我算是知道了，人的心根本无法按自己的意愿来，还有老师和大人们为什么会让我们一心一意地学习。我是书也看不进去，课也听不进去，满脑子都是他。"

南珠的声音越发低沉下去。

"这可如何是好，我们洪南珠女士为何变得这般柔弱了？真是搞不懂，名硕高二年级多管闲事的万金油却连自己的事情都解决不好，竟然还胆怯起来了？"

温祚搂着南珠的肩膀开解道。

"七班不是有你初中同学宋景逸吗？你们关系不是挺好的嘛，怎么没问问他那个闷声不吭的闷葫芦人怎么样？"

"当然问啦。听说他对谈恋爱没兴趣。而且像我这样对他有意思的女生不止一两个，可他压根儿就不为所动。有个高三年级的学姐每天早上都在他课桌上放巧克力、饼干、巧克力派、棒棒糖，他连看都不看人家一眼。那些吃的都被他拿去分了，他们班同学倒是有口福了。我的对手可不止一两个。"

南珠的肩膀耷拉得更低了。

"要不我去见见他？"

温祚话一出口，南珠就吓了一大跳。

"真的？你行吗，白温祚？"

看来，再情比金坚的姐妹花，也有不为对方所知的一面。

"把他的名字和电话号码告诉我。"

温祚淡然地说。

"你真要去见他？"

"是啊，我唯一的挚友书也读不进、饭也吃不下，假如去地狱烈焰里摘牡丹花才能治好你，那我也愿意尽我所能去做。"

"白温祚，你的心意我知道，我也挺感动的，但那个闷葫芦会回复你吗？还有，不好意思，饭我还是会吃的。食欲倒是一点没受影响。越忧郁越要好好吃饭。我一饿起来心情更不好。昨天晚上我还用大米饭配上五花肉，再包着蔬菜一起吃了呢，太合我胃口了。爸爸看我吃这么多，还说这下伙食费不得了，让我赶快经济独立搬出去。"

"你爸爸这样说，你不难受吗？"

"不啊，五花肉还是我爸给我烤的呢。"

南珠和她爸爸的关系还真是好。他们之间那股比亲父女还要更亲密无间的交情，是从何而来的呢？不过听她这么一说，南珠好像确实胖了一些。

"洪女士,看来您善用食物来解决欲求不满啊。这样下去可不行,没几天你就要圆成球了。赶快把他的名字和电话告诉我!"温祚用给南珠下达紧急警戒令的语气说道。

"见了面又怎样?告诉他有个女生要为你上吊,求他和我交往?"

"洪南珠,我白温祚在你眼里就这点本事吗?"

"郑奕贤,电话号码在我手机里。"

初夏夜晚的空气很凉爽。明天是玩六①,期中考试也结束了,一般人在空闲的时候会更宽容一些。温祚决定先给郑奕贤发个短信。南珠也下定决心,要是他也不回复温祚,那就完完全全地放下。她保证,要让温祚发出"洪南珠就是洒脱"的感慨。

你好,我是三班的白温祚。

我有话想跟你说,

咱俩见个面吧。

---

① 即"玩耍的星期六"的简称,代指不用去学校,可以玩乐的周六。——译者注

贩卖时间的商店

　　温祚故意没加表情符号，简简单单地写了几句。郑奕贤看起来是不喜欢废话的类型。她按下了发送键。这和处理委托时的感觉不同。也许该说那是种令人愉快的紧张感？那个闷葫芦到底会不会回复呢？要是他和南珠真有缘分的话，无论如何都能联系上的。温祚含了一口妈妈做的柚子茶，自言自语道。柚子香在口腔内四溢开来。

　　妈妈最近神采奕奕的，虽然只是早晚能见上一面，但温祚却察觉出了不同。即便24个小时中只有30分钟的相处时间，那也足够察觉到对方的变化了。妈妈似乎非常关注自己。温祚凭经验感觉，一般出现这种状态就是有秘密了。

　　一大清早，闹铃就叫醒了温祚。她刚想起来，又犹豫了一下。在意识到今天是周六的那一瞬间，全身的肌肉都放松了。就在她准备再次躺下的时候，突然想起来昨天给闷葫芦发的短信。手机上有新短信的提醒，温祚怀着激动的心情打开了收件箱。是南珠发来的。她问郑奕贤有没有回复，也不知南珠昨晚有没有合眼。昨天在她们分开前，南珠说这是她这辈子最大的难关，温祚听后忍不住扑哧笑了出来。她本想加上一句"你才活多久，还这辈子呢"，又怕多管闲事女士会突变为神经过敏小姐，就含糊其词地打了个马虎眼。

　　郑奕贤是在周六下午，也就是据温祚发出短信足足过去了十七个钟头后，才回了短信。

> 你好像
>
> 发错人了吧……

果然非常简洁,没有表情符号。能得到回复就不错了,温祚感到内心里开始涌出一汪汪感动的清泉。这点信息还不值得报告给南珠。既然时隔十七个钟头才回复了短信,不就意味着他愿意进一步沟通吗?温祚本想当场就回复他,但还是觉得等一等再回比较好,就当作是封无言的消息,让那闷葫芦也尝尝等待的滋味。不过,看郑奕贤那态度,回不回应该都不在乎。

> 没错,就是发给郑奕贤的。
>
> 咱俩见一面吧,不会很久的。
>
> 你别误会,
>
> 我可对你没意思。

这次可能过了 24 个小时也不一定能有答复。他平时收到的短信肯定都是"我们交往吧""拍拖吧"之类的内容,不知道他在看到"对你没意思"时会做出什么反应。自尊心强或者要强的人肯定会生气，这类人一般都以为树立自尊的方式就是和对方对着干。他们一旦动了气，就会叫嚣着"哎哟喂，你这家伙"，然后自投罗网。那么郑奕贤又会如何应对呢？温祚颇为好奇。这些都是温祚在初中通过刻苦钻研网络小说和言情漫画才学到的。

不到30分钟，短信就来了。想来也是，按人之常情出牌从不会让人失望。

广场上的蒂埃莫见。

南珠要是得知这个消息会开心吗？说不定这会让她更加伤心。不管自己怎么试探都没有反应的人，却因为温祚不经意间扔下的一块石头做出了回应，南珠要是知道了也许会有种被深深背叛的感觉。温祚本想给南珠发短信，但还是放弃了，她朝广场跑去。那个广场离得不远不近，打车去太近，走路去又有些远。这距离像极了温祚暧昧的立场。

闷热的风黏了上来。赶到广场的时候，温祚已经汗如雨下了。

郑奕贤坐在能俯视广场的窗边，温祚立刻回忆起初见他时的情景——温祚刚放回那个问题物件PMP，坐到南珠旁边，看见了他那冰冷而深邃的眼眸。他身上带着一种微妙的魅力,冷若冰霜,令人生畏,又像经历了很多故事。

"你好。"

温祚坐了下来,打了招呼。郑奕贤缓缓把目光从窗外收回,在看到温祚后也异常冷静。温祚也朝窗外看了看,整个广场一览无余。刚才横穿广场时,温祚整理汗湿的头发、气喘吁吁跑来的样子被他尽收眼底。

"哦,你好。要喝点什么吗?"

郑奕贤的声音没什么起伏。看来是想表现得生硬而高冷。

呵,玩儿深沉是吧。

很长一段时间里,两个人都没说话。温祚不知该说些什么,脑海里充斥着各种话语。两杯冰拿铁上来了。温祚啜了一口拿铁,正视郑奕贤说:

"那个,其实,我有个朋友……"

"知道,洪南珠。你要说的就是那个吗?"

"这家伙,性子也太急了。抢了我的台词,那我该说什么啊?"温祚心想。

温祚又赶忙喝了一口拿铁。

"对于那个问题,你有什么好说的?你以为自己是解决问题的专家吗?那种问题不应该是本人来处理吗?我不给洪南珠答复是洪南珠和我的问题,你夹在中间要干什么?"

他的语气像是在训斥上赶着掺和别人家事情的厌包妹妹。

贩卖时间的商店

温祚觉得自己的某一部分被暴露得清清楚楚。

这是什么情况？

他这意思，似乎是说自己虽不知头尾，但知道中间。

"你认识我？"

"不，谈不上认不认识。"

郑奕贤又恢复成了玩世不恭的样子。温祚想，自己是不是太冒失了。

"你刚才说的'专家'是什么意思？还说我夹在中间？初次见面这未免有点失礼吧？"

汗湿的头发在冷气的吹拂下慢慢干了，有些发痒。温祚挠了挠头。

"我们不是第一次见面。"

"什么？也是，都在一个学校上学，肯定不是初次见面。"

"我不是那个意思。"

真是个没礼貌的家伙，随便打断别人说话。还有他那没有起伏的声音，总是扰乱说话人的思路。

一言不发望着窗外的郑奕贤收回目光，看着桌面开口了。太阳西斜至对面大厦的后侧，给他的脸打上了阴影。

"一年级秋季运动会那天，我踢足球的时候突然流鼻血了，想跑去水池那里冲洗一下，水龙头本来就没几个，那天还特别热，所以水池前排起了长龙。突然，有个女生拽着我就往前走，跟我说'你先洗'，然后把水龙头让给了我。我那天用手遮着脸，所以你没看清我的样子。"

在听到"你"的时候，温祎的眼前开始飞速旋转。仔细一想，好像依稀能想起来。她只记得一个男生捂着脸，血从他的指缝里歪歪扭扭地渗出。她注意到他，只不过是因为指缝里流出的血和那天的太阳一样刺眼罢了。

那天，温祎的班级在所有项目的预赛里都落选了。一点乐子也没有，没有给人加油的激情，也没有可以加油的人。她正排着队准备冲洗，结果突然发现那个男生修长指间渗出的血，觉得他更着急用水，所以顺手就把他给拉过来了，之后班主任叫她，她就急急忙忙地回到座位上去了。

温祎的脑子里只有两个字——本钱。运动会前一天晚上她为了制作加油道具，足足熬了一整晚，所以越想越觉得委屈。班主任安慰她说，还有一个加油奖，让她打起精神来，接着又提议说可以给合心意的高年级加油。正好温祎也想借这个机会大喊几声排解排解压力，这确实是个不错的想法。不能就这样失魂落魄地毁了运动会的下午。

温祎掏出了秘密武器——加油牌，分给了同学们。温祎想，像这样有组织地准备为运动员加油的班级非她们班莫属，一时间信心直冲云霄。前一天晚上，妈妈还帮她一起为加油牌设计和剪裁。

"怎么，你揽下了这个活儿？别的同学可都在用这个时间学习呢。"

妈妈用一种不知是挖苦还是试探的语气说道。

"嗯，白天和同学们试着设计了一下，但一点也没找到灵感。字得反着设计，这样剪下来贴上去才是正的，大家都上不去手，我会做，所以就交给我了。"

"是啊，白温祚就是会管闲事。"

"怎么了，你不喜欢？"

"没有，也不是不喜欢，只是不知道这么多字你得剪到何年何月去。依妈妈看来，你就是熬一晚上也做不完。而且这屋子乱七八糟的，应该把垃圾和要用的字区别开呀。剪刀给我，照着设计的样子剪下来就行了吧？你要是得了加油奖，可得好好请妈妈吃顿大餐了。"

最后，我们班获得了加油奖，我用奖金请全班吃了顿凉爽的冷面。因为这个，我还得了每班只有一人能拿的奉献奖，妈妈还把奖状贴在了冰箱侧面。

温祚已把乱哄哄的水池前那段短暂的记忆忘得一干二净了。所以呢？那又怎样？温祚突然冒出了这种想法。

"你肯定不知道那是我。但我清清楚楚地记得你。跟我说'你先洗'的声音和你那涨得通红的脸颊，我都记得。"

那天火热的阳光原封不动地重现在温祚的脸上，她的双颊火辣辣的。

"你怎么没跟我说，那我们就可以做朋友了。"

"别讲得那么简单。"

郑奕贤好像被扫了兴致般，果断地打断了温祚的话。这里面似乎装着郑奕贤未能说出口的话，温祚不敢听下去。要是从郑奕贤嘴里说出什么暧昧的词句，温祚恐怕也接受不了。温祚想起了南珠。她又想起来，今天和他见面是为了南珠……

"咳咳，南……南珠她特别难过。"

"那种心情我知道。"

郑奕贤冷漠地回敬道。他看起来不像是会明白那种心情的人。嘴上怎么说都行，但心里的想法却是藏不住的。

"你要是知道，至少要给南珠发出的信号做出回应吧，一句拒绝也好啊？"

"不，我和你想的不同。喜欢一个人不需要对方的同意。而且也不能强求对方。我的心意如此，所以你就必须怎么样，这样对吗？"

"是吗？这样看来，你和南珠还挺像的。南珠也说过类似的话。她说之前在电影里看到一个女人说，在对方喜欢上自己之前绝不会先动心。听了这话的男人说，你真是个傻瓜。南珠说她从这句话里得到了安慰，也获得了力量。因为至少自己不是个傻瓜。"

虽然只有一瞬间，但郑奕贤的眼神却动摇了。温祚以为是自己说"傻瓜"的时候语气太重了。

"所以我想说的就是——这单纯只是我的个人想法——指责一个人喜欢别人的心意不对，但无视那份心意也不对。"

温祚今天异常地伶牙俐齿。

"但也不都是值得被尊重的事。"

郑奕贤仍用毫无起伏的声音作答。他怎能发出如此冷酷的声音呢？温祚开始摆弄挂满水珠的拿铁杯子。

"如果你想和我交朋友的话……"

还没等温祚说完话，郑奕贤就从位子上站了起来。

"帮我转告洪南珠，告诉她，至少她不是傻瓜。"

郑奕贤没说再见就离开了蒂埃莫。真是个令人捉摸不透的人。不等她收拾如同求婚被拒一般的难为情，他就消失不见了。温祚并不想辜负郑奕贤的好意，所以抛出了友情的橄榄枝。可郑奕贤却好像听见了什么不该听的话，没有回答就离开了。

温祚走出蒂埃莫，在经过广场流苏树林时收到了南珠发来的短信。南珠正在补习数学，说会让老师现在就下课，所以约温祚在阁楼游乐区见面。

温祚刚一说自己和郑奕贤认识，南珠就像要吃了她一样嗷嗷叫起来。

"嘘……嘘，冷静点。我不认识他，是郑奕贤认识我。"

南珠顿时消了气，忙追问是怎么一回事。温祚把水池前鼻血的故事告诉了她。温祚对南珠说，自己记得但对方根本没印象不是很正常吗，所以他才会回复自己的短信，交谈起来也更顺畅。

"他应该马上就会联系你了。"

温祚觉得郑奕贤离开前说的话里带有一丝可能性。他很快就会联系南珠，不论答复是拒绝还是同意。

"什么？为什么这么说？你确定吗？"

南珠欣喜若狂，不停地站起身又坐下，搂住温祚的肩膀又放开，好一通折腾。

"郑奕贤让我转告你，你至少不是个傻瓜。这说明什么？不就是他明白你的心意了吗？"

"什么？你说什么？你怎么会觉得那句话就代表他接受了我的心意呢？"

南珠在面对别人的事情时，心胸无比宽广，态度也积极向上，可一旦遇到和郑奕贤相关的事情时就变得畏首畏尾起来。也许她就是因为这样才会越陷越深。不是说越是艰难险阻，爱就越发缱绻热切吗？说不定这些险关不在外面，而是在南珠的心里。

"唔，我就是这么理解的啊。等等看吧。"

让人改变心意，会不会就相当于让某一瞬间的时间停止呢？郑奕贤原封不动地停在去年水池前的阳光里，而南珠则停留在初见郑奕贤心潮澎湃的那一瞬间，深陷其中无法自拔。

南珠被温祚的话鼓舞，满脸都是期待的表情。此刻南珠的内心肯定如那西升的满月，被满溢上来的某种期望填满。

象头神的提议

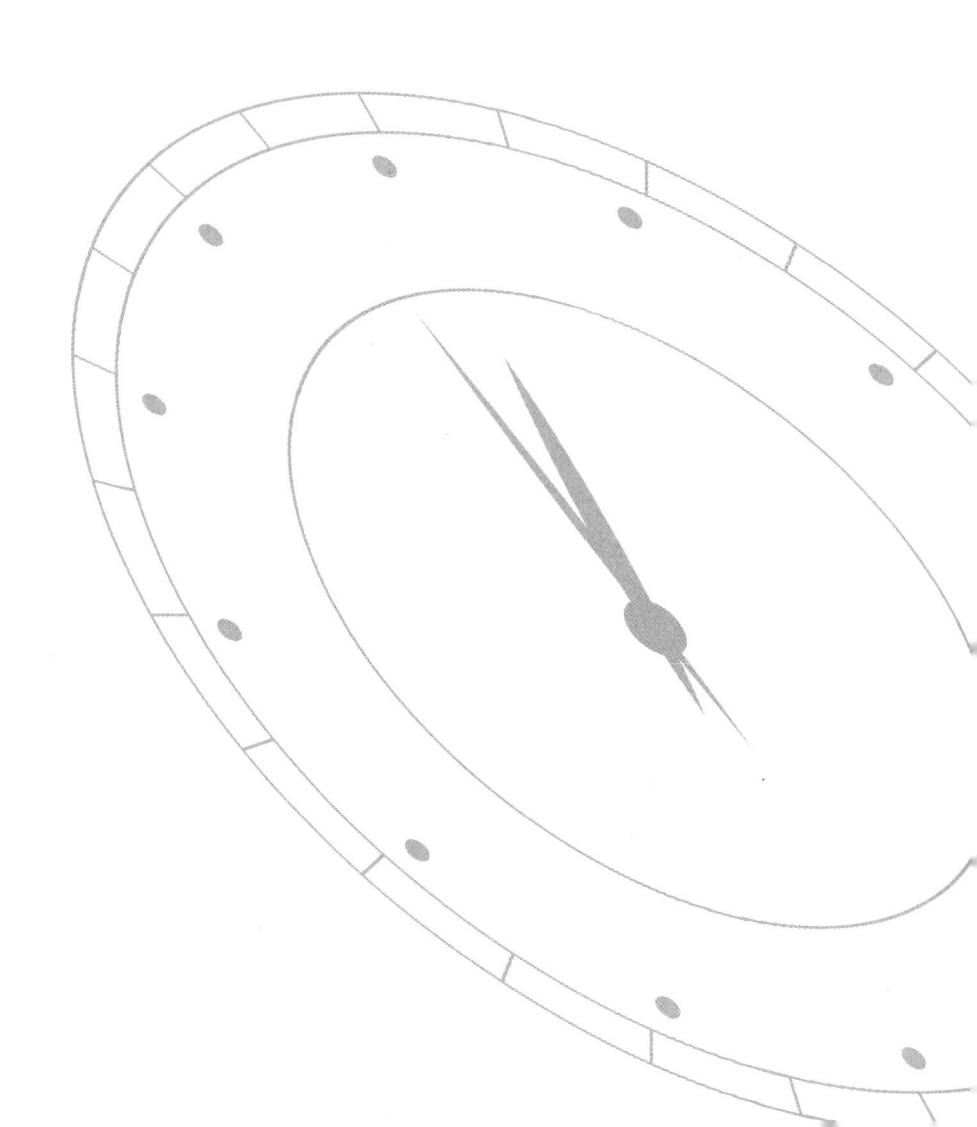

象头神： 看了店主的简介，发现你原来是高中生啊。学生也能这么明目张胆地做生意吗？这个店看起来和那种只要给钱就什么都能做的幽灵论坛①差不多呢。更何况店主还是个美少女学生，大叔们见了不得垂涎三尺？你应该也收到过一些奇奇怪怪的提议吧？

店铺的留言板上出现了这么一段话。温祚读后觉得脸上火辣辣的。留言似乎在旁敲侧击地讥讽她还是个黄毛丫头就这么爱财，为了钱恐怕连身体也可以出卖……温祚并不是头一次收到这种骚扰信息，每次她都会郑重其事地回复，把明示在商铺主页上的店铺宗旨、开店目的以及签约条款一一罗列出来。而那种粗暴无礼的留言，温祚向来都是利用店铺管理者的权限直

---

① 指长时间不更新内容的网络论坛。——译者注

接删除，不屑反驳。

如何确保店铺不被利用去做一些危险的事情，完全取决于温祚的选择与判断。因此每每收到这种评论时，温祚都会提醒自己不要忘记商店主人的身份。

温祚尽力维护店铺存在的秘密。其实，"象头神"和其他人指出的问题，恰恰也是温祚所担心的。毕竟她还是个学生，以这种身份进行金钱交易多少让她有些心虚。具体是为什么心虚，温祚也说不上来，但就是心里不痛快。有时明明嘴上反驳说"这和去面包店打工、餐厅洗盘子有什么区别"，但心里还是觉得不舒服。温祚到现在还没搞清楚个所以然来，这也是她一直没能跟妈妈坦白的原因。

另外，看到店铺逐渐成长，变得有模有样起来，温祚作为店主既觉得新奇，也感到自豪。起初在处理棘手的赃物事件时，她甚至还想过要关门停业，也曾下定决心要就此收手，让这个店铺作为另一个失败的兼职经历，就此成为令人痛心的过眼云烟。但当委托的事情迎刃而解，自己品尝到成功的喜悦后，这类想法就又消失得无影无踪了。这份工作给温祚带去的充实感，远大于兼职本身的意义。

文学课刚一结束，一张纸条就飞到了温祚面前。

柯罗诺斯！

午休时间盲人梦呓的垫脚石桥见。

温祚大吃一惊，在看到"柯罗诺斯"几个字时，额前像是被什么抽了一下，顿时天旋地转起来。她迅速把纸条揉作一团，环视了一圈教室，却没找到任何蛛丝马迹。教室里一切如常，只有课间休息时常有的喧闹。

会是谁呢？

温祚不停扫视着周围，却仍未发现一丝风吹草动。既然那个人知道她是柯罗诺斯，想必是经常出没在商店里的人了。那人到底是谁呢？

温祚午饭也没吃，就直接去了盲人梦呓。盲人梦呓是位于教学楼间的一个小花园。花园四周环立着日式桧柏，中间是一个荷塘，通向荷塘的路上铺着垫脚石桥。这时候同学们都去食堂吃饭了，花园里静悄悄的，只剩暑热里的阵阵蝉鸣。温祚绕着荷塘踱步，等候纸条主人的到来。那个人是谁，又为何要约温祚见面呢？

慧智戴着耳机远远走来。

不会是吴慧智吧？温祚猛然想起了"象头神"，这才发觉"象头神"的留言与慧智的语气简直如出一辙。

慧智踏着一节节垫脚石，朝温祚走来。

"吴慧智？"

温祚不敢相信是她。

"嗯，就是我。"

慧智简短地答道，然后在环绕着荷塘的石子路上跺了跺鞋跟。她每次一落脚，就会发出按下快门时的咔嚓声，石子因此被震得滚来滚去的。

"你就是'象头神'？"

温祚回忆起"象头神"的留言给自己带来的不快。

"嗯，没错。你胆子挺大啊。"

"什么意思？"

"我只是想知道，你怎敢做出那种胆大包天的事情，而你的选择又是否正确。"

"胆大包天还是包地和你又有什么关系呢？你不是喜欢戴着耳机、不问世事吗？什么时候变得这么爱管闲事了？"

这并非温祚的本意，只是有口无心的话。

"你比想象中要情绪化呢。"慧智话里带刺地说道。

温祚的脾气一下子就上来了，忍无可忍地说：

"你说我情绪化？我看你是忘了自己昨天写的留言了吧？"

一想起昨天的留言，温祚心里对慧智仅存的一点好感也消失殆尽了。

"我只是想了解你这个人，就当作我单纯的好奇心吧。"

好奇心？温祚对慧智也挺好奇的，但她的好奇不掺杂私心杂念，与慧智口中的"好奇心"大相径庭。

"你还想知道什么？我不是全都写在主页上了吗？还需要多讲吗？"

温祚用和慧智相同的口吻回敬道。

"不，我想了解的是你，不是你的店铺。"

慧智摘下挂在脖子上的耳机，接着说：

"像你这样的人不多见。"

"喂，吴慧智，你葫芦里到底卖的什么药啊？"

"你明面上是个好学生，但暗地里又是另一副模样。看似安分守己，实则游刃有余。我只是好奇，你是怎么做到的。"

一番话说得温祚又混乱起来。不知她是真好奇，还是变着法儿地挖苦她。

"您是准备写论文吗？什么时候把我研究得这么透彻了？吴慧智，你知不知道你的外号是什么？也是，你身边就只有那个耳机，哪有人会告诉你。"

此言一出，慧智顿时拉下脸来，把耳机翻了个个儿，双眼直视着温祚说：

"外号？我根本不在乎那种东西。别人说什么有那么重要吗？"

真是话不投机半句多。

不耐烦的情绪直往上蹿。

"你为什么要约我见面？"

"我不是说了，因为对你感到好奇嘛。"

"那又怎样？就因为你那点好奇心，难不成还要把我开膛破肚，供您一探究竟？怎么办呢？我可一点也不想为你的好奇

象头神的提议

心买单。还有，你最好改一下你那不可一世的态度。了解一个人光靠动动嘴就行了吗？你未免想的也太简单了吧？而且，你把自己藏得严严实实的，还想了解别人？你不觉得顺序颠倒了吗？"

温祚朝着慧智吹胡子瞪眼地动了一番肝火，然后转过身去。从刚才那个语气来看，有心结的人似乎不是慧智，而是温祚。看来，昨天"象头神"的那番话让温祚一直耿耿于怀。

"你是第一个。"

温祚正琢磨着如何做个了结，她刚准备转过身去，慧智就突然冒出了这句话。

"什……什么第一个啊？"

一慌张就开始结巴的习惯多半是得了棕熊的真传。起先，温祚还以为只是一时受到了棕熊的影响，没想到竟成了习惯，害她在这种关键时候掉链子。真是大煞风景。

慧智的一句话让温祚乱了阵脚。就在她犹豫要如何组织语言的时候，慧智已戴上耳机悠然地离开了盲人梦呓。

周遭只剩聒噪的蝉鸣。温祚踩着被太阳炙烤过的石子路，离开了盲人梦呓。脚下的石子发出"哒哒"的响声，像是在说悄悄话。

温祚的课桌上摆着一个菠萝包和香蕉牛奶。温祚朝慧智的位子望去，她仍戴着耳机，正在看书。慧智看起来总是异常冷静，即便内心已掀起狂风骇浪，外表也要装作水波不兴的样

贩卖时间的商店

子。其境界之高,足以登上吉尼斯纪录。

"你去哪儿转悠了,午饭也不吃?"南珠问道。

"这是你准备的?太感人了吧。"

南珠比出手枪手势,抵在下巴上,一副好不得意的样子。

"没必要太感动了,其实该感动的人是我,所以才会请你吃东西的。"

温祚刚想咽下一口香蕉牛奶,结果却把自己给呛着了。

"咳咳咳,为什……咳……为什么啊?"

"郑奕贤回信息了。"

"真的?恭喜啊,洪南珠。"

虽然温祚当初信誓旦旦地告诉南珠一定会收到短信,但她内心还是有些忐忑的。随着时间一天天过去,她正担心呢,生怕那个傲慢的家伙不会回复南珠。

"没什么好恭喜的,我都不知道该怎么理解那句话。"

爱情真是伟大,竟能把洪南珠天真无邪的脑袋变得如此错综复杂。

"他说什么了?"

南珠打开手机,在收件箱找到了郑奕贤发来的短信。

独自倾心,

象头神的提议

其实是更完整的想念。

希望你也认可这句话。

难怪洪南珠理解不了,郑奕贤确实出了道难题。该怎么解释呢?温祚推脱说要再仔细想想,但那句话里却莫名透着一丝冷漠。

温祚并非不明白郑奕贤的心意,但她也是无可奈何。他们现在还小,确定关系为时尚早。如果她这段时间没有留意南珠的话,那事情的走向会不会有所不同呢?毕竟南珠是怎么走到今天这一步的,温祚都清清楚楚地看在眼里,所以她只能选择无视郑奕贤的心意。难道没有可以和郑奕贤,还有南珠一起做朋友的办法吗?温祚一边挠着头,一边看向了南珠。

"你是不是也觉得这话说得怪严重的?"南珠朝温祚投去了期许的目光,随后问道。

"你说,他是不是故意耍酷呢?"

温祚故意这么说,为的是不让南珠多想。

"耍酷?也是,谁让人家长得帅呢。那可是他的标志性魅力,一如既往地酷。"

南珠真是病入膏肓了。她满脸憧憬地沉浸在美梦里,凝视着空气说:

"真是连头发丝都帅。你说他从头到脚,哪有不好看的地方啊?"

贩卖时间的商店

温祚想起上次与郑奕贤的会面，不知为什么，就是有些不对劲。郑奕贤给人一种白面书生的感觉，动辄闹别扭，心眼比针尖还小。

慧智也让温祚放心不下。平时寡言少语的慧智把温祚看作"第一个"想主动搭话的对象。这话让温祚的心头一紧，仿佛偷听了别人的秘密告白。虽然那天闹得不是很愉快，但温祚确实对慧智更好奇了。总而言之，慧智的坦白有些出人意料。

温祚进入商店后，发现"象头神"发来了私信。

象头神：你不会以为我会守口如瓶吧？你开店的事情要是被学校知道了，老师会轻易放过你吗？

柯罗诺斯：呃，真是个幼稚鬼><，搞什么？你在威胁我？就算被学校知道了也没有关系。我早有心理准备了，要是校方能给出妥当的理由，我愿意接受处分。你若是一定要去告状，我也没什么好怕的！

象头神：我说过了，我只是想了解你。假如你同意让我加入你，一起去做"胆大包天的事情"，那我可以替你保守秘密。

柯罗诺斯：我以前还没发现，原来你这么卑鄙啊？你就是这样表达对别人的关注吗？这就算了，竟

象头神的提议

然还想掺和商店的事情？当然不行了。你识字吧，合约上白纸黑字写着委托内容是委托人与店主间的秘密，秘密一旦被泄露，就要赔偿委托费用两倍的金额。

象头神：知道，所以我才想委托你当我的朋友。

柯罗诺斯：？？？

象头神：我不是说了你是第一个吗？一直以来，我都是独来独往，就好像待在一座孤岛上，不知该怎么放下桥让外面的人进来。是你让我第一次产生想为你放下桥的想法。这话可能听起来有些肉麻，但我还是第一次鼓起了勇气跨过那道桥。

原来迄今为止，慧智过的都是这样的生活。一瞬间，温祚似乎看到了慧智不为人知的一面。

柯罗诺斯：象头神，不好意思，我不接受这种委托。

象头神：……

柯罗诺斯：我为什么要当你的朋友啊？

象头神：你是在拒绝我吗？

柯罗诺斯：不是，我没说是拒绝。你说你想了解我，可那么多人里，为什么偏偏要选我当你的朋友呢？

象头神：这我也说过了，因为我好奇你那自由奔放的性格和过人的自信是从何而来的。

柯罗诺斯：我可不觉得自己有多自由奔放，也不觉得自己比别人更自信。我成绩没你好，身材也不是S形，家境也不殷实。

象头神：所以我才好奇啊。

柯罗诺斯：我只是喜欢做自己罢了。

象头神：……

柯罗诺斯：我觉得，你在我身上看到的，也许既不是自由奔放的性格，也不是什么自信感，而是我对自己的认可。你觉得呢？

象头神：对自己的认可？就算你说得对，但我还是想知道让你认可自己的根源是什么。

柯罗诺斯：你还来劲了。你想要我怎么办？你这人怎么这么执着啊？我自己都稀里糊涂的，你还非要打破砂锅问到底。我真的不知道。我也是第一次了解到你眼中的自己。你还想和我交朋友吗？

象头神：当然了。

柯罗诺斯：那我当你的朋友就行了吧？能委托这种事情的，整个地球上除了你恐怕找不出第二个了。

你到底为什么活得这么累啊？直截了当地说话就这么困难吗？

象头神：我就是这样，不习惯直来直去。

柯罗诺斯：你要是不能坦诚相待，对方也不会轻易靠近你的。不好意思，之前我试着听过一次你耳机里的音乐。我觉得那才是真正的你。

象头神：我知道你戴过我的耳机。要是别人这么做，我肯定会生气的，因为我有洁癖。奇怪的是，看到你戴上我耳机的时候，我反而很放心。也就是从那时起，我开始留意你的一举一动。不过，早在以前我就开始关注你了。就这样，我找到了你开的网店。

柯罗诺斯：我也对你挺感兴趣的，这你也知道吧？

象头神：可能这就是令我放心的原因吧。那种感觉，用语言很难讲清楚。

柯罗诺斯：象头神是什么意思？

象头神：是智慧之神的意思。象头神是印度教里象头人身的神祇，也是文学与学问的保护神。这名字我也是随便起的。

柯罗诺斯：可不像是随便起的呢。文学与学问的保护神，我觉得这个名字很适合你。这么说，你喜欢文学咯？

贩卖时间的商店

象头神： 我想写童话故事。虽然爸爸妈妈极力反对，但我还是想写，我告诉他们可以一边从事其他的工作，一边写作。我家一贯如此，我的意见不重要，一切都以爸爸妈妈为准。学习和交友都不能按我的想法来。

真是意料之外，原以为慧智比谁都要倔强和自作主张呢。

温祚这才看清了慧智耳机里音乐的庐山真面目，那是唯一属于慧智的语言。

"在你身边"这两天杳无音信，连一封私信和邮件也没有。没有消息就是好消息，但愿如此。既然他到现在都没有联系自己，是否意味着"火星"已经熄灭了呢？赃物事件如同一只沉睡的猛兽，稍不注意就会醒来，闹得祖宗牌子都翻斤斗。或许这块大石头也总算能落地了。温祚不愿打破此刻的平静。

棕熊与杏花

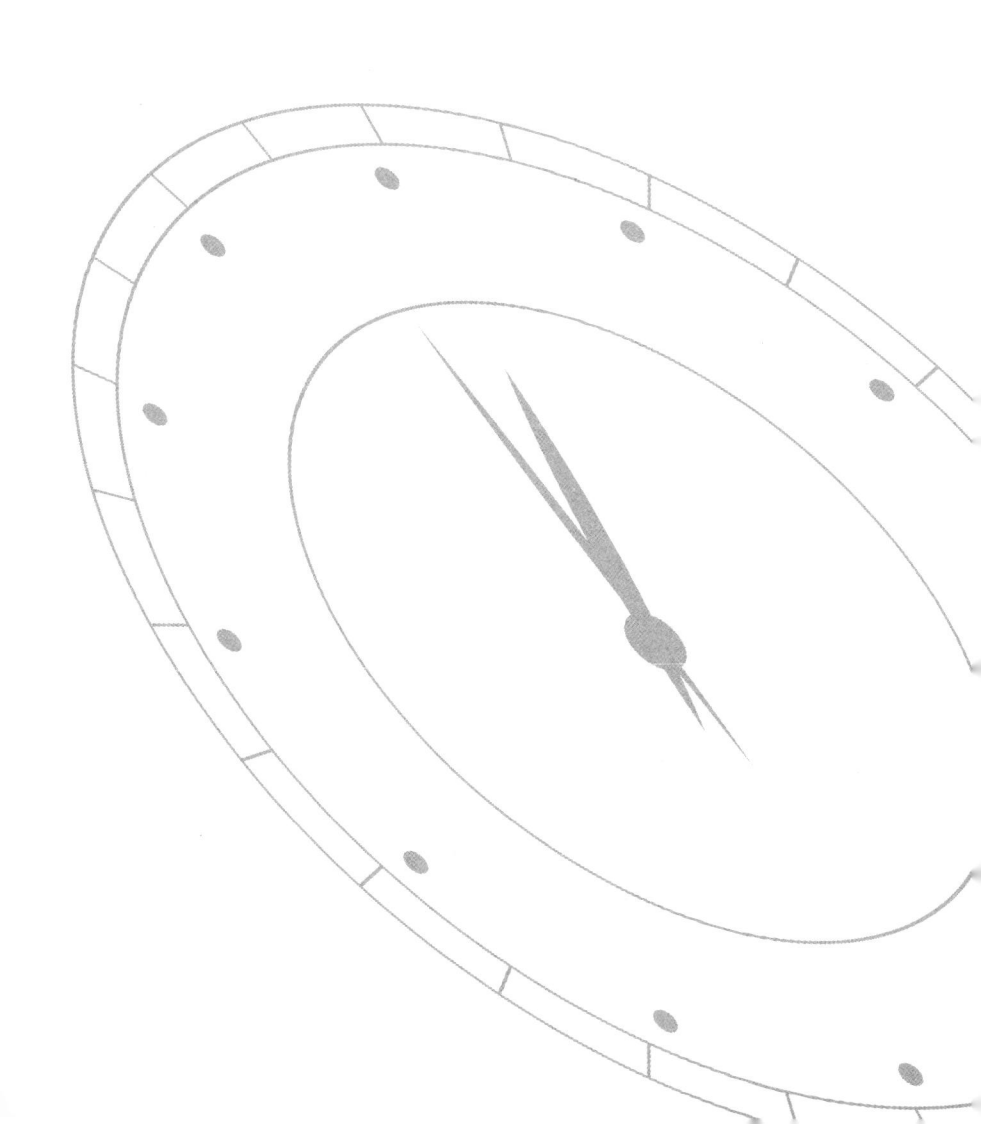

妈妈爱上爸爸，还有爸爸爱上妈妈，都是在智异山①溪水涣涣涌流的时候。当时妈妈在主管野生动物救助营地的环境团体②里主事。那年，智异山的野生动物救助营地在开放期间突遇暴雨，参与露营的游客全部遇险被困，只得请求消防队的援助。妈妈作为带队人，尽职尽责，将参加人员按家庭单位划分，冷静地带领一队人避险，直到获救。而前去营救的消防队员中就有爸爸，爸爸也竭尽全力进行救援，确保所有遇险人员和消防队员都平安无事。把对方的付出看在了眼里，是否就是缘分的开始呢？看来，那年夏天的梅雨成了爸爸妈妈的媒人。

大雨滂沱而下。不知这是今年的第几号台风，连细数的工夫也没有，新的台风就又开始北上了。每天早上，温祚的校服裙子都会被雨打湿，裹在腿上。往年一到这时候，妈妈就像得

---

① 智异山位于韩国南部，与金刚山、汉拿山并称"三神山"。——译者注
② 为保护环境，增强社会环保意识而组建的团体。——译者注

了抑郁症一样，话变少了，笑容也不常见了。可今年却有所不同，温祚发现妈妈从初夏开始就有了变化。

那天，温祚考完模拟考试后早早回到了家。窗外雨势未减，上午刚停了一会儿，一到下午又开始倾泻而下。电视里接连播出暴雨致人遇险的新闻速报，画面上出现了在汹涌的泥浆里救人的消防队员。刚洗完澡的温祚一边用毛巾擦着湿发，一边看着屏幕。就在这时，她明白过来，自己已经释然了。要是在以前，只要一看见橘黄色①，心里就会像刀割一样疼。妈妈朝窗外看了一会儿，然后拿起遥控关了电视。不，应该说是"毫不犹豫地"关了电视。妈妈也释然了吗？还是依旧无法释怀呢？

温祚对妈妈说：

"最近办公室的情况还好吗？"

"还是老样子，很多政府补贴都断了，连给正式工发工资都成了问题。不过，好在我最近课比较多，所以不用担心。白温祚，你可别因为这个分心啊。高二上学期都快结束了，也该收收心专心学习了吧？"

"嗯嗯……当然了。"

"回答怎么拖泥带水的？你是不是捅什么篓子了？现在

---

① 消防作战服为橘黄色。——译者注

不是假期，你也不可能去做兼职……你是不是有什么瞒着妈妈呀？"

"我能有什么瞒着你啊，别想多了。我倒是觉得妈妈你有秘密瞒着我呢。"

温祚瞅准时机，收紧缰绳追问：

"妈妈，你最近有点奇怪啊。我这眼力见儿还是随了你，一看一个准。"

"以后会告诉你的，现在还不是时候。温祚你心里，还有妈妈心里，都没做好准备……"

妈妈一边说着，一边用食指蘸取滴落在餐桌上的水珠，胡乱画着各种形状。

只是试探一下而已啊……

"可是发生在你身上的事情，早晚都会波及我啊，我当然有知情权了。你不是也想事无巨细地了解我的一切吗？"

"是这样没错，可你不想告诉我的事情不也没讲出来吗？妈妈也一样，有时某些事情不想说出口，时机也不对，所以想拖一拖再说。现在就属于这种情况。"

"你这么一说，我反而更好奇了。要不让我来猜猜看？"

温祚捕捉到妈妈的脸泛红了，眼神也略有闪躲。

"你有喜欢的人了？"

妈妈划动着的指尖僵住了。

我的天，竟然猜对了。

温祚咽下一口口水。她其实心里早有准备，某天会向妈妈问出这个问题，但这一天的到来比想象中要快了一些。本想在那一刻表现得更酷、更有范儿的，但她没做到。眼看着猜测成为无比确凿的现实，恐慌的情绪席卷而来。在说出"喜欢的人"时，温祚想起了爸爸，爸爸好像瞬间被挤到了角落里。妈妈环抱双臂，看着瀑布般的暴雨。

"温祚，你会理解妈妈的吧？"

"……"

温祚的头上盖着毛巾，愣愣地望着妈妈，没懂刚刚那句话的意思。妈妈依旧看着窗外，接着说：

"妈妈自己都理解不了，你又怎么可能会理解呢？"

"理解不了什么？"

"人的心竟然能在一瞬间改变。"

天啊。

温祚的心沉了下去。她突然感到了一丝寒意。原本她和妈妈一起乘着小船在风浪里前进，可如今却只剩她自己了。这一天终究会到来，但却没有预想中那么容易接受。温祚用毛巾擦着头发，努力掩饰着自己的表情。

不管温祚是否愿意听，妈妈还是对着滂沱大雨讲出了心事。温祚停下了手里的动作。

"那天是我给各个学校加入'爱环会'的老师们上课的日子。上完课后，我往停在瀚星中学巷子里的车走去，发现学校

贩卖时间的商店

旁边就是一个小公园,有几个学生聚在那里。公园里的路灯早就坏了,一直也没人修。我以为是住在附近的学生在一块玩儿呢,刚准备离开却发现他们中间躺着一个人。"

"有人受伤了吗?"

"大家都说,路上要是遇见三个扎堆的中学生,最好绕道走,可我实在不忍离开。当时我也挺害怕的,但还是攥紧拳头问了一句。结果一个块头很大的学生回过头对我说:

"大婶儿,少管闲事,忙您的去吧。

"我一下不知该如何是好,甚至还想按那个大块头说的一走了之。可就在这时,有个男人朝那帮学生走了过去。我还以为他们要打起来了,那场面跟拍电影似的。那帮学生顿时紧张起来,看了看那个男人。

"喂,那不是以前的老班儿吗?

"其中一人刚说出这话,其他人立马撒腿就跑了。躺在中间的那个学生也摇摇晃晃地爬起来,跟着他们跑了。问题是他们逃跑以后,那个男人朝他们喊了一嗓子,结果我被他逗得乐到直不起腰来。说是喊吧,但不仔细听根本听不出来。你猜他说了什么?

"喂!你们这帮小兔……兔……兔崽子!

"温祚你也知道,妈妈一笑就停不下来,跟泄了闸的洪水一样,拦都拦不住。后来才知道,那个男人是刚才听我上课的老师之一。他等我笑完,对我说:

"我就知道您肯定爱笑，哦呵呵呵……"

故事说到这就结束了，但妈妈的脸上还留着那天的笑容。温袆一点也不觉得好笑，反而觉得是妈妈的反应过头了。

妈妈笑得皱纹都出来了，她平静下来问温袆：

"温袆，你不觉得好笑吗？"

"……"

温袆什么也没说，径自回房去了。还以为妈妈会一直在心里守着爸爸呢，结果竟然因为一句"小兔崽子"就移情别恋了？温袆对着镜子嘟囔道。她故意用力甩动着吹风机，然后又不满地念叨着，"小兔……兔……兔崽子有什么好笑的？"就在这时，一张脸闪过她的眼前。

不会是棕熊吧？

"爱环会"，一兴奋就结巴，还会发出"哦呵呵呵"的笑声……

妈妈敲了敲房门，温袆没做回应。她需要时间去思考。妈妈说的那句"人心突然之间就能改变"，在温袆听来就是妈妈心里不再有自己的意思。说她不讲道理也无妨，温袆简直都想在地上撒泼打滚了。虽然这有点对不起爸爸，但真正让温袆伤心的却是，如今在妈妈心里，温袆已不是全部。

"温袆，和妈妈谈谈吧。你看，我都说了你不能理解，你非缠着我让我说，我说出来了你又这样躲进房间，那妈妈该怎么办呢？"

贩卖时间的商店

温祚不耐烦地晃动着吹风机，妈妈最后说的一句话淹没在"嗡嗡"声里。现在的情况与温祚设想的截然不同。她心里明白，这是值得庆祝的事情，可情感却不受控制地扭曲了。

温祚躺在床上，不能让妈妈看见现在的自己。她的一大弱点就是情绪全都写在脸上。也许，妈妈会对温祚感到失望，继而和那个男人分开呢？但那并不是温祚所期望看到的。温祚希望妈妈过得比任何人都要更幸福，一直以来她都是这么想的。而刚才那个瞬间也并非出乎意料之事，只是事到临头，温祚又反悔了。不过，温祚也是身不由己。

温祚关了灯，这时妈妈已不再敲门。外面传来水滴进桶里的滴答声。偏偏今天又是大雨如注的一天，难道在妈妈心里，爸爸已经被洗刷得无影无踪了吗？温祚不由得想起了爸爸写给妈妈的遗言。

老婆，

对不起，没守住我们的约定。

本想以后和你一起去散步、去爬山、去旅行，守在你身边，慢慢变老的。

能遇见你已经很幸福了。要是还有来生，我定要再与你相遇。

> 我爱你，比世上任何一个人都要爱你。
>
> 谢谢你，
>
> 能成为我的妻子和温祚的妈妈。
>
> 你带给我的幸福是我今生最珍贵的礼物。
>
> 希望你不要伤心太久。
>
> 我若是投胎去你我结下缘分的前世再遇见你，
>
> 肯定会觉得我们前前世也有缘。
>
> 我们共度的时光将永远留存在记忆里，
>
> 所以无须过于伤怀，希望你能勇敢地活下去，
>
> 因为你是温祚的妈妈。
>
> 我爱你，对不起。

难道真如爸爸所说，这是妈妈前前世的缘分吗？如果真的是这样，那现在又该怎么办呢？温祚心乱如麻。爸爸也说了，希望妈妈不要伤心太久。

温祚的耳畔响起爸爸妈妈初次相遇的智异山那湍急汹涌的溪水声，心里不免隐隐作痛起来。

过了好一会儿，桶里的水滴声小了下去，看来雨要停了。

妈妈不知何时走了进来，一边捋了捋温祚没干透的头发，一边说道：

"睡着了吗？没睡着的话，听妈妈跟你说。"

温祚并没有睡着。各种想法如缠绕的线团般错综复杂，纠

结了一会儿后又觉得没必要想得这么复杂,总之就是找不出头绪来。

"温祚,我和爸爸生活了这么些年,有一件事情让我很后悔,那就是和爸爸在一起的时间太少。"

妈妈深深吐出一口气。温祚知道,此刻妈妈的心里也不好受。

"爸爸平时早晚两班倒,时不时地还要出紧急任务,妈妈也在焦头烂额地为生计奔忙。当然了,我们彼此都在这一点上达成了共识,而且互相理解,所以没什么问题。可问题就在于爸爸早早地离开了我们。"

"……"

温祚也默默叹了一口气,被子里顿时被温热的气流填满。

"妈妈总以为和爸爸的时间还多,一辈子还很长。但那些时间连声招呼也没打就这样消失了。我这才回过神来,原来平时我们总以忙碌为由,把大把的时间浪费在无关紧要的事情上,却还说是自己没有时间。妈妈不想再那样虚度光阴了。时间宝贵,妈妈想和重要的人一起共度未来。我相信,只有那样,我才能幸福。"

能让妈妈幸福……而这正是温祚所希冀的事情。

"就算妈妈身边出现了新的人,我和爸爸度过的时间也不会因此而消失。也就是说,我对爸爸的爱不会发生改变。虽说除却巫山不是云,但如果有人能填补爸爸的空位,那也不是件坏事。我不想否认，也不想回避内心的情感。这就是妈妈的真实想法。但是，对妈妈来说，最重要的人还是温祚你，假如你会因此受伤，内心抗拒的话，妈妈马上就会结束这段感情，用你们年轻人的话来说，就是'干脆地放手'。为什么呢？因为温祚你对妈妈来说，才是最重要的人啊。"

温祚一直拿被子蒙着头，又在里面大口喘气，现在都有些缺氧了。听了妈妈的最后一句话，她哭了出来。温祚一个劲儿地抽噎，弄得鼻涕横流，赶忙用被头抹了一把鼻涕。不知是不是鼻子不通气再加上被子里氧气不足的缘故，温祚的头开始嗡嗡地疼起来。真想打开被子呼吸几口新鲜空气。

外面传来一滴滴的水滴进水桶的声音，雨完全停了。

棕熊的"爱环会"果然如大家所推测的那样，成了"爱情环环扣教师聚会"。棕熊在手机里给妈妈的备注是"杏花"。杏花？这未免也太肉麻了。比起花朵，妈妈更适合"战士"，好比那青山上的翠竹，千磨万击还坚劲，任尔东西南北风。

在得知那个人是棕熊后，神秘感消失了，同时也让温祚松了一口气。

她这才发觉，最近棕熊的头发好像也不再那么乱蓬蓬的了。

温祚突然很想见南珠，似乎在她身边只剩南珠一个人了。

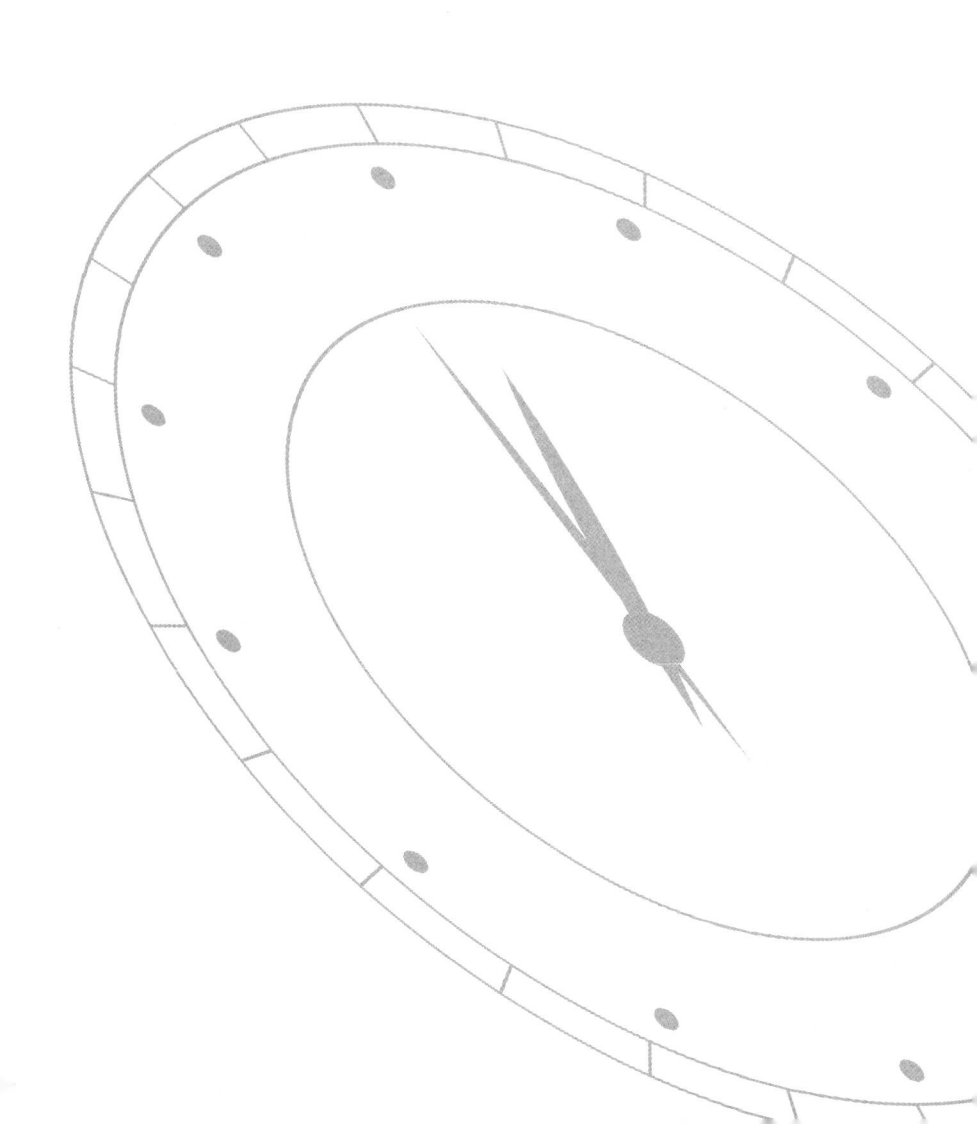

停在一年前的
时间

梅雨季过后，干净如洗的天空不知何时已晕染了几分秋色。西边青空上团云绽放，带来丝丝凉意。清风拂来，紫玉兰树开花后结出了红彤彤的果实。南珠还没来。

南珠小时候父母就离异了，妈妈在她上初三的时候和一个带着两个孩子的男人再婚了。当时南珠在得知自己要有两个弟弟后，高兴得不得了。由于弟弟们足足小了南珠十多岁，每次只要和这两个小不点儿出门，南珠总有种当妈妈的感觉。以前的南珠孤孤单单的，现在天降弟弟——还是一双——别提有多欢喜了。南珠说，在继父身边的妈妈像找到了坚强的依靠一样，不再焦虑不安，自己还是第一次看见这么容光焕发的妈妈。

南珠天性乐观的性格使这一切看起来无比简单，直到温祚自己经历了相同的处境，才发现这有多困难。温祚对南珠的敬佩之情油然而生。

"喂，你怎么有气无力的？"

南珠拍了拍温祚的肩膀问道，随后又抱怨说：

"我爸妈要去看电影,让我在家带弟弟,我可是好不容易才脱身的。他俩简直把我当保姆了。我告诉妈妈跟你约好了不能不去,然后又是打滚又是耍赖的,终于跑出来了。这种事情应该提前说呀,我又不是随时待命的丫鬟。真烦人!"

"你不是说弟弟们是天赐的宝贝疙瘩吗?"

"再宝贝也有惹人烦的时候呀,花无百日红,人无千日好嘛。"

"是吗?洪南珠你不会看破红尘,大彻大悟了吧?"

"这你还真说对了,我最近因为郑奕贤,每天都像在修行。"

"他没再联系你了?没发别的短信吗?"

"没有,你不觉得那条短信很像遗言或告别的话吗?语气跟个小大人似的,让人摸不着头脑。"

独自倾心,

其实是更完整的想念。

希望你能认可这句话。

南珠说得好像也不无道理。怪不得温祚总觉得郑奕贤那天像是有话没说完,搞得那时的一丝顾虑一直遗留至今。那天他到底为什么不听完温祚的话,就气冲冲地离开了呢?一会儿就要和他见面了。温祚本想告诉南珠,但她转念一想,又觉得今天还是一个人去比较好,就把到嘴边的话又咽了回去。

"先不说这个了,你怎么无精打采的啊?"

"我妈妈有男朋友了。"

"天啊,真的?嘿嘿,也难怪你这副模样。阿姨应该挺有魅力的吧?而且叔叔都走了这么久了,阿姨又这么年轻。所以你才会伤心吧。以前有一次因为阿姨说想突然老去,你不是还流了不少眼泪吗?"

有这么一回事吗?洪南珠的记忆力确实好。有时连温祚自己都忘了说过的话,南珠却能一字不差地娓娓道来。每当这时,温祚都要对南珠的记忆力赞叹一番。南珠替她回忆起的那些话,再听时已觉得耳生。没错,听南珠这么一说,这确实是件值得庆祝的事情。

"对妈妈来说,的确是件好事,但对你来说,好像又没那么值得开心。"南珠冷不丁冒出一句话来。

"这是什么话?我还以为你会高兴地祝福我呢,怎么又说'不值得开心'呢?"

"公主殿下,我不是说过了吗,人无千日好呀!继父和弟弟们的到来确实带来了许多好处,但也有不尽如人意的地方。生活中确实也多了些不便之处。有时候我觉得以前好像要更自由一些,因为只要我和妈妈意见一致,想去哪儿就去哪儿,想做什么就做什么。可现在呢，不管提议做什么事情，我妈先考虑的都是钱。还总说家庭成员变多了，得有规划地生活之类的话。"

南珠说到这，神情有些发蔫儿。

"我偶尔也会怀念和妈妈两个人的时候。但只是偶尔才会这么想啦，大部分时间还是挺好的。和妈妈两个人生活的时候，不管穿几件衣服都觉得冷，现在反而感觉变温暖了。看来'如人饮水，冷暖自知'那句话说得没错。"

道理温柞都懂，但心里还是想不通。

温柞本以为南珠在得知妈妈的男朋友是棕熊后会惊讶得一时说不出话来，可南珠却立马咋呼起来，说阿姨和棕熊肯定很般配。南珠说过，像棕熊这么好的男人，就是在教师队伍里也不常有。南珠把温柞揽进怀里，激动地拍着她的背，跟她说这可是天大的福气。

闹着闹着，又突然说要正式对自己模仿棕熊结巴的事情道歉，还下定决心以后再也不会那样做了。南珠简直恨不得让棕熊现在就当温柞的继父。

"喂，洪南珠，你能不能别这么激动，还不知道以后会怎么样呢。"

"管不了那么多了，反正这是个天大的好消息。"

温柞咬住下唇，瞥了南珠一眼。

"你可得把好嘴风啊，学校里要是有一个人知道了，那我们就绝交。"

"瞧你这丫头，光我一个人闭嘴有什么用，棕熊那张嘴才是问题啊。哎哟，可有你美的了。"

南珠开心得不得了，就好像棕熊成了自己的爸爸一样。

"洪南珠，你以前是不是喜欢过棕熊？"

"小丫头片子，你这反射弧也太长了，现在才发现？不过，如果是阿姨的话，我完全可以做出退让啦，哈哈哈。白温祚，每个人的爱情都闪耀着不同的光芒噢。"

南珠偶尔会讲出这样老成的话，这使她身上的魅力越发夺目。

是啊。

如人饮水，冷暖自知。

妈妈并没有从那艘小船上下去，而是上来了一名可靠的舵手。不论未来会遇见何种风波，妈妈那泉涌般的笑声和棕熊的稳重都会让小船安稳行驶。

温祚同时给两个人发了内容相同的短信。一封给妈妈，另一封给棕熊。

请我吃炸酱面吧。

北京面馆，7点^^

南珠回家了。她的爸爸妈妈每隔五分钟就给她打来电话，说今晚的电影非看不可，让她赶快回家。

"这种生活有多麻烦，这下你算是看到了吧？真烦人。他们还以为自己是二十几岁的小年轻呢，每天都跟热恋般腻歪，还让正值花季的闺女给他们带孩子，浪费青春。苍天啊，这也太不公平咯！"

南珠嘟嘟囔囔地回家去了，但她的背影看起来并没有那么怨天尤人。毕竟，就算南珠发牢骚、使小性子，家里也有几个宠着她的靠山。

该死，又得跑过去了。马上就要到和郑奕贤约好的时间了。温祚着急忙慌地来到蒂埃莫咖啡厅，环视一圈，发现郑奕贤还没到。温祚大口喘着气，俯视着整个广场。郑奕贤远远地走来了，夕阳把他的影子拉得老长。

郑奕贤把背深深地靠在椅子背上，然后喝了口水。每次都这么从容不迫，这里面是有什么窍门吗？慌张狼狈好像永远都是温祚的戏码。

温祚这回不再犹豫了。

"我觉得，那天你好像有话没说完。不对不对，是有话对我说。"

郑奕贤垂下眼，盯着桌面。

"你在这方面倒是挺灵敏的，还知道绕着圈子说话。有那么多话要听，有那么多话要讲，真给您忙坏了。"

这人真是难以捉摸，今天的气氛和上次不同，让温祚有些惊讶。

"你是在嘲笑我，还是在玩弄我？非要把话说得那么难听吗？"

"你别激动，你连我没说完的话都想知道，那一年前为什么对我那么冷漠？"

"又是一年前？你的时间是不是停在了一年前？一年前怎么了？我那时根本不知道有你这么个人，这一点你不是也认同吗？你说自己那时用手遮着脸，我根本没认出你来。而且，把水龙头让给你又不是什么伟大的事情，你觉得我会一直记在心里吗？就是放在今天，我也会那么做。"

温祚一听见"一年前"这三个字，火气噌地就蹿了上来。

"就是说啊，你这钝瓜。"

"什么？你叫我钝瓜？"

"钝瓜"是温祚的另一个外号。凡是要靠肢体完成的事情，温祚都特别迟钝，所以荣获了这一外号。她不仅在跑一百米的时候回回包办倒数第一，就连跳舞时也像根火柴棍似的僵硬，别人都说她是"硬撅撅温祚"。

不知怎么的，温祚感觉和郑奕贤一下子熟悉了起来。

"运动会后我联系过你。"

"联系我？我什么都没收到啊？"

"也是，'没收到'这个答复对你、对我都很仁慈。"

"什么意思啊？"

"我给你打了好几通电话，发了好几个短信。你既没有回电话，也没有回短信。"

怪不得他会因为"当时怎么不联系我"那句话而生气。

"你说运动会后？"

温祚开始回忆那时的事情。没错，就是那时候。风很凉爽，但日头狠毒，跟现在一样，天上是刺眼而炙热的秋阳。应该是去年刚入秋的时候吧？没错。耳机，旱厕，乡村资源循环野营……去年秋天的事情清晰地浮现在眼前。

运动会结束后的那个周末，温祚和妈妈参加了乡村资源循环野营，去体验零垃圾的生活方式。在那里，首要进行管理的就是旱厕，上完厕所后撒上一层粗糠，再撒上一层草木灰就算处理完了。温祚有一天上厕所的时候，完全忘记了放在屁股口袋里的手机，在脱下裤子的一瞬间，手机"噗唧"一声掉了进去。在事后撒上的粗糠与草木灰里，隐约闪烁着一丝金属的光泽。苍天啊，这手机才换了不到一个月呢！

就这样，郑奕贤发来的短信和打来的电话在茅坑里顾自作响，然后慢慢地发酵，被深深地掩埋。这件事上，温祚确实有点对不起郑奕贤。

在听温祚解释的时候，郑奕贤一直眉头紧锁。

"你猜我在撒粗糠和草木灰的时候想了些什么？就是类似'要是用勺子把它捞起来的话，应该还能用吧'这样的想法。"

温祚的话里好似带着那天的气味，郑奕贤一边听，一边用一只手捏住鼻子，另一只手扇着风。

"要是真捞起来了，兴许就能接到你的电话了呢。打那以后，我有很长一段时间都没有手机。妈妈让我为自己的失误负责，所以不肯给我买新的。"

郑奕贤的表情比初见时要柔和了不少。

"虽然不是故意的，但我还是很抱歉。"

"看来'钝瓜'真不是一天养成的。"

郑奕贤说完，就移开了目光，望向广场。

这人非得牙齿咬钉耙——逞嘴硬，还觉得自己挺帅的。

与想象中相比，他还是有点可爱的。

广场上起了傍晚的凉风。流苏树上绿茵茵的一片，枝条在阳光下恣意摇曳。

这句话没办法转告南珠——但凡郑奕贤知道一点南珠的好，交谈起来也就轻松多了。一阵令人尴尬的沉默过去了。

"咳咳……南珠她……人挺不错的。"

"关于那件事，我已经跟洪南珠说清楚了啊。"

"说清楚了？可南珠说你的短信像谜语一样难解啊？不过，她有时候是挺迟钝的。"

"也是，谁让物以类聚，人以群分呢。"

"喂！你能不能好好说话？"

郑奕贤强忍笑意，结果没忍住爆发了出来。南珠是被他的哪一面给迷住了呢？温祚觉得，比起耍酷的郑奕贤，眼前这个大笑着的郑奕贤要好看得多。

"我的意思呢，就是能不能像我上回说的那样，大家一起做好朋友？我和你，还有南珠。"

温祚好不容易说出了口。不知道这算不算最好的办法，特别是对南珠来说。

"那样的话我会很累的，在那些人面前我得一直装酷。虽然在你面前，我从一开始就是个喷鼻血的尿包。"

"什么？哈哈哈……你还挺搞笑的呢。真像个变色龙。"

郑奕贤有率真的一面，也有幽默的一面。

"你别误会了，谁说你装酷的样子很帅了？不了解你的时候可能会那么认为，不过真正吸引对方的，难道不是自己率真的模样吗？就像你刚才笑的时候那样。"

温祚挠了挠头。不知为何，她有些害羞。南珠要不是得回家看孩子，现在就能和他们一起聊天了。不过那样的话，也就看不见郑奕贤无拘无束的样子了。三人一会面，郑奕贤肯定会为了耍帅而浑身紧绷，而南珠肯定会装模作样地扮淑女，如坠五里雾中，一问三不知。还好没告诉南珠，不然就看不见郑奕贤的另一面了。

温祚回过头看了看，郑奕贤横穿广场的脚步看起来很轻快。郑奕贤也回头了。温祚朝他挥了挥手，郑奕贤也抬起了手。清爽的秋风拂面而来。

贩卖时间的商店

温祚目前还不能自如地和慧智开口聊天。比起在现实里见面，慧智还是觉得网上聊天要更舒服一些。之前一直躲在幕布后面，如今要她走出去现出真身，多少还是有些恐惧和认生的。今天俩人的目光相遇了好几次，却都没轻易开口。多半是因为温祚旁边有南珠，这才让慧智有所顾忌。

吃完午饭后，回到教室的温祚朝慧智的座位走去。慧智还没回来，只有她的耳机看守着主人的座位。耳机里依旧充斥着温祚听不懂的嘶吼与电吉他的狂音。

"这是金属乐队的歌。"

慧智不知什么时候走了过来。

"嗯？那是乐队的名字吗？"

温祚与慧智走出教室，两人一起去了盲人梦呓。

"前段时间他们来韩国演出了，在现场听的效果确实和听专辑不一样。暴风一般席卷而来的那股狂烈又亢奋的感觉被完好地展现了出来，仿佛一头自由的野兽。重金属能让我放松下来，就好像回到了最初，就是那种不附带任何东西，没有任何包装的原始状态。只有在那种氛围里，我的心才终于能一边冒着热气，一边奋力跳动。"

"哇，是吗？虽然我不懂摇滚，但你形容得真好，一下子就把我给吸引住了！"

"真的吗？"

慧智莞尔一笑，这还是温祚头一回见她笑。

"我是因为艾薇儿才开始喜欢上摇滚的。第一次听见 Nobody's Home 的时候,我的心跳都要停止了,因为那首歌简直就是我心境的真实写照。高一那年,我的成绩有些退步,爸爸妈妈把我逼得很紧。有次我从家里出来,坐上了公交,车上响起了这首歌,可能那时正好是音乐电台开播的时间吧。我简直和歌里诉说的主人公一模一样。以前回家后,即便家人都待在各个房间里,但还是有种空无一人的感觉。当时天渐渐黑了,秋雨开始一滴接一滴地落在车窗玻璃上。"

慧智好似仍置身于一年前的那一天,她眼神落寞地望着天空。她说,那天雨水的气味好像渗进了鼻子里。看起来要落一场秋雨了,天空阴沉了下来。

第五节课的上课铃响了起来。温祚和慧智肩并肩走过垫脚石桥,往教室走去。

晚自习快开始前,温祚被叫去了办公室。叫她的人是棕熊。温祚知道这一天总会到来。虽然她知道了妈妈的恋爱对象是棕熊,但她和棕熊都没有主动提起这件事。在课堂上,他们的眼神互相碰撞过,但俩人都像约好了一样,谁也不轻易开口,都装作无动于衷的样子。

南珠也是左右为难。既不能像以前那样和棕熊斗嘴,也不能表现出知情的样子,只得夹在两人中间,看他们脸色行事。温祚让她别表现得那么明显,可南珠却反驳说,"哪有那么容易,你俩真是歹毒啊"。这事儿早晚会在学校里传开,不过温祚还是想尽可能地拖延一段时间。棕熊应该也是这么想的。

"白温祚，托你的福，我吃到了好吃的炸酱面噢。你那天怎么没来啊，我和你妈妈等了你好久，还以为你会来呢，哦呵呵呵。"

棕熊一边说着，一边给她递了把椅子。

"我是怕自己会改变想法。"

"那现在呢？你的想法改变了吗？"

"嗯，还没有。"

"多谢啦，小家伙。"

棕熊想摸摸温祚的头，温祚下意识地躲开了那只手。棕熊有些难为情，看着那只手，前后活动了几下，然后接着说：

"其实，这段时间我心里很不好受。你妈妈把我们的事情告诉你以后，就一直没理我。在北京面馆见面的那天还是我们在那之后的第一次见面。我也知道，这说明你心里已经平静下来了，我这才放下心来。太好了，哦呵呵呵……"

棕熊似乎松了口气，在说出"太好了"那句话前吐出了大大的一口气，然后有些不好意思地挠了挠头。真是拿这笑声没有办法。温祚也挠了挠头，结果俩人一对视，都"扑哧"一声笑了出来。

"还有一件事。其实我还不知道这件事该不该由我先说出来，虽然我们有特别的缘分，但我说这些也是出于老师的担忧。"

棕熊又挠挠头，显得有些迟疑。

温祚低下头看了看脚下，又抬起头看了看棕熊的脸。实在猜不出他想说的是什么。不会已经开始想当她的爸爸了吧？难道说他看了温祚的成绩单，或者想在进入高三前让她放松放松？这可不行，温祚讨厌这种越界的行为。一瞬间，温祚就把各种可能的情况猜了个遍，正当她脑子里乱哄哄的时候，棕熊说出了一句出乎她意料的话。

"我指的是你开网店的事情。小家伙，你是怎么想出这么奇特的点子的？"

天啊。

"您……您是怎么发现的？"

"网络上的东西都是公开的，只要我下定决心，就没什么是找不到的。你现在还是学生，这一点可能会引发一些问题。你的店铺也可能被坏人利用。学校那边现在还不知道，要是知道了肯定不会轻易放过你。而且，这事儿早晚会被发现的。"

"会有什么问题呢？"

温祚生气了。她讨厌大人们的草率，总是不分青红皂白，上来就先替她担心。

"我读了你店铺运营的方向和方针，你的意图很棒，但这个世界不会放任你按自己的意图行事。我也仔细想过了，假如不是因为我和你妈妈的缘分，可能也不会对这个问题这么敏感。"

棕熊再次挠了挠头。

他和这段时间在留言板大吵大闹的那些市侩小人别无二致。上来就问她，是不是只要钱给到位，她就可以出卖包括时间在内的一切。象头神也是一样。

"那妈妈呢？妈妈也知道了吗？"

温祚没想到，她和妈妈之间这么快就有其他人介入了。

"妈妈目前还不知道。要是知道了，还能这么太平无事？"

"不一定，说不定妈妈和您的想法不一样呢？"

"那……那……那你怎么到现在还没告诉妈妈？"

温祚忍不住笑了。棕熊的兴奋指数似乎又飙升了。也难怪妈妈看见这样的棕熊后，会像泄闸的洪水一样笑个不停。

"嗯？那是因为……"

温祚找不出一个合适的理由。其实她有机会告诉妈妈，只不过故意回避了。妈妈总是让她别再兼职，把心思都放在学习上，温祚也不太敢提这茬。不过，商店的立命之本就在于它的私密性，这也是温祚没有轻易说出口的原因之一。

"妈妈目前应该还不知道，但这也是时间早晚的事，不是吗？"

"就算妈妈知道了，我也能理直气壮地告诉她，因为我问心无愧。主页上写明了准则，我绝对不会接受违反准则的事情。我敢以我去世的父亲起誓。"

眼泪瞬间在眼眶里打转。温祚没想到会这样提起去世的爸爸，而且还是在棕熊面前。那一瞬间，在想起爸爸的时候，为何也会想起疆图来呢？温祚感到不安，她不知道爸爸会不会对她的所作所为感到失望，同时又很伤心，因为自己与从未谋面的疆图可能就此雁杳鱼沉。她又想起那些还未送出的信，哪怕天崩地裂，也得把那些信送出去。因为温祚既不能把委托金退给委托她送信的小老师，也无法寻求小老师的谅解。这些信要是送不出去，那小图书馆前的花坛也将寸草不留。"在你身边"委托的赃物事件也没完全解决，如他所说的那样，赃物事件仍有残存的火星，后患无穷。

"你这家伙，也不等我把话说完。我不是想斥责你，可能是我没表达好吧。"

棕熊一见温祚的眼泪顿时就慌了。他不知所措地挠挠头，把头低了下去。

"委托人的身份和委托内容不会被公开，所以没有人知道。委托人也希望一切都秘密进行。而且，我们都是用私信和邮件联系对方，到目前为止，也没捅出什么娄子来。这个店铺，一开始可能只是个兼职工作，但现在不一样了。"

温祚的声音不住地颤抖。她觉得自己辩解时的模样寒酸又落魄，因此有些怏怏不乐。

"白温祚，不公开其实更可怕。你可能因此卷入意想不到的风波。假如一切能按照你的意愿和宗旨运作的话，我还需要担心什么吗？"

贩卖时间的商店

棕熊在担心什么，温祚也明白，而这也是她所担心的。正因为这份顾虑，她才没能将实情告诉妈妈。

"我想给你两个提议。一、先把手头上的事情放一放，好好考虑一下是否要继续运营商店。二、如果有什么事情发生，必须寻求帮助。这是我们之间的秘密，没有第三个人知道。"

棕熊拍了拍温祚的肩膀，然后挠了挠头，给了温祚一个眼神示意。温祚没有回答，但她明白棕熊的心意。

温祚现在也拥有了那天南珠背影里的那种踏实感。而且，她和妈妈之间又有了一个秘密。今晚，她恐怕不能正视妈妈的眼神了。

在棕熊面前为商店辩护的过程中，过去模糊不清的一些事情开始变得清晰起来——贩卖时间的商店早已越过温祚设置的小篱笆，生长壮大，枝叶扶疏。温祚觉得店铺已不再是她个人的了，而是成了"大家的商店"，既然如此，那就必须改变商店的运作方式了。

把我从
望塔峰上撒下

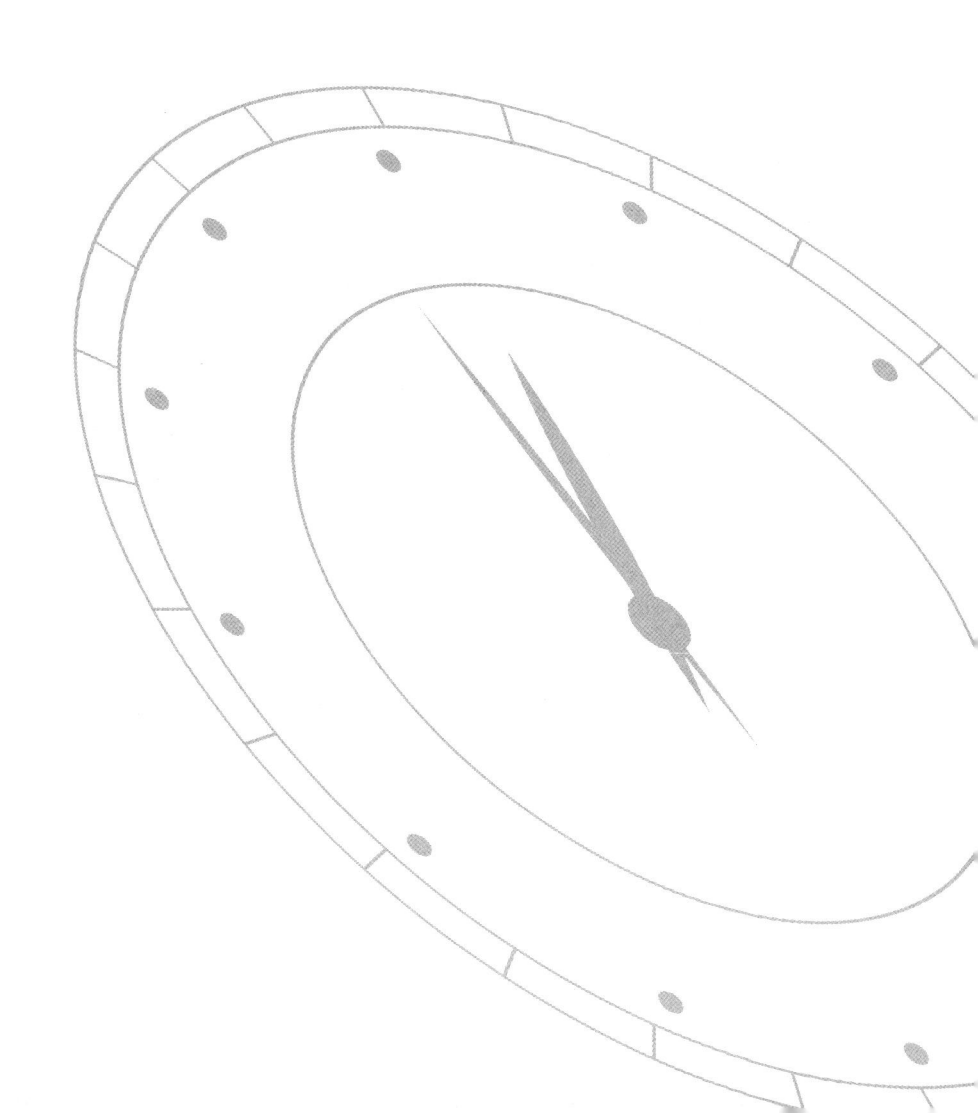

温祚一直在心里惦记着疆图,他肯定仍被夹在闹到法庭上的两位长辈中间,过着度日如年的日子。不知不觉间,那种孑然一身的孤独如潮水般席卷了温祚的内心,令她感同身受。或许疆图比她想象中要更加成熟。他明知道父亲与爷爷的矛盾,却仍挂念着爷爷。倘若不是出于这份温情,他就不会找到贩卖时间的商店,而温祚自然也就没机会见到爷爷了。疆图的声音似乎在耳畔响起——"请你美美地吃一顿"。她想起和爷爷的第二次见面,那天的气氛让她食不下咽。温祚没能像第一次那样美滋滋地享用美食。

温祚在邮件标题一栏写下了"售后服务 ^^"几个字。

疆图,^^

你好。

我最近听说了一句话,这句话彻底改变了我的想法。

其实，里面有我的亲身经历，我也因此找回了内心的平静，

所有问题仿佛都迎刃而解了。

我想，或许这股力量正是你所需要的，所以我想转告给你。

我听说，不要总是回避与某个人共处的时间，

因为时间不等人。

"树欲静而风不止，子欲养而亲不待"，我深知这有多么痛苦，

对你而言，那份心痛应该是因为奶奶吧。

希望我们都能反思一下，

明明那个人无比重要，

明明那个人在那一刻需要我们，

我们为何选择了推迟与回避，

而不是倾听和陪伴呢？

爷爷说自己没能对奶奶这样做到，而你父亲则没能对爷爷做到。爷爷现在只有一个愿望，那就是能多争取一点时间。给他自己，也是给你父亲。

上次见面的时候，

爷爷说自己剩下的日子已经不多了，

或许，爷爷与你父亲之间迟迟未了的纠葛，全部

贩卖时间的商店

被推延到你身上了。

上回和爷爷吃饭的时候,我吃得一点也不香,理由不说你应该也能猜到吧。所以,我想把委托费全额退还给你。

你是第一个让我想打破合约的顾客,

因为我有点想见你一面。

这个想法是不是很傻啊?自己制定的合约条款,自己却率先违反……

疆图并没有马上回复。会不会是"想见你一面"那句话吓到他了呢?可自己说的明明是"想"见一面,又不是真的约他见面……

温祎每天数着日子等疆图的回信。直到这天,他终于发来了邮件。

柯罗诺斯,

你好。

我还是第一次收到这么用心的"售后服务"呢。

这让我很感动。

知道有人肯为我分忧解难,真是给了我莫大的安慰。

你的话让我心里豁然开朗。^^

我之所以对爷爷留有温情,你功不可没。

当时委托给商店是因为生活压得我喘不上气来,不得已要求助他人,

但结果却远超我的期待。

先告诉你一个好消息吧,

爷爷撤回了诉讼。

这都是你的功劳。你告诉我的那句话确实有魔力,在收到你的邮件后,时隔整整一年,

我拨通了父亲的电话。

我告诉父亲,他对爷爷的所作所为,我将如数奉还给他。

父亲听后,深深地叹了一口气。

我问他,我和爷爷所希望的,不过是和您短暂的共处罢了,这有什么难的吗?电话对面哑口无言。

我又问,假如重要的东西都被摆在一旁,那我们还拥有什么呢?还剩下什么呢?父亲还是沉默不语。

我随后把奶奶的遗言发给了他。奶奶的遗言既没有留给爷爷,也没有留给爸爸,而是留给了邻居阿姨。

"等我死后,请将我火化并保管我的骨灰。

贩卖时间的商店

　　要是有人来找我，
　　就让他找一个起风的天，
　　把我从望塔峰[①]上撒下去。"
　　奶奶在空无一人的房间里迎接死亡，身体失去温度。她走时该有多凄凉啊？
　　爷爷说过，最渴望自由的，其实是奶奶，最了解家人的，也是奶奶。这让爷爷更加伤心欲绝。
　　看到奶奶的遗言后，父亲回到了韩国。
　　我昨天和父亲一起爬上了望塔峰，坐在一块平整的大青石上，俯瞰着山下。
　　那天，天空近得仿佛触手可及。万丈晴空看起来像一整块蔚蓝的布料，看不见一抹云彩。远处的山麓横躺竖卧，交叠着向我们靠近。去年这时候，我们送走了奶奶。山下的树木郁郁葱葱，奶奶肯定从它们的叶子、树枝、根系和旁边的岩石上汲取生气，转世投胎了吧？
　　父亲自始至终都没说一句话。他站了好一会儿，俯视着山下，然后跪了下来。一切发生得太突然，我也吃了一惊。

[①] 位于韩国忠清北道的一座山。——译者注

父亲像在受罚一样，在平石上跪了好久好久。他终于得以和奶奶相聚。那天的清风与碧空，还有那还未浸染上秋色的乔木，应该都是这次相聚的见证人吧？

一开始，我抱着很单纯的想法找到了商店，只想找个人替我去承受那段难挨的时间。而你不仅没有让有求于人的我感到羞愧，反而让我庆幸自己做了这个决定。谢谢你。

假如我们不再是委托人与店主的关系，那就不算违约了吧？

我也想见你一面，同时又有些犹豫。你别误会，我之所以犹豫是因为有私心，毕竟以后还要经常光顾商店呢。那样的话，我应该就能成为你店里的VVIP了吧？

不过这样一来，我们就得保持安全距离了。

下周日我会去见爷爷的，现在也没什么好顾虑和回避的了。只是看不见你的话，爷爷恐怕会有些失落呢。

就写到这吧，再见^^

妈妈说过，世上的很多事情都是人为造成的，所以没有人不能解决的问题。自己造成的问题就可以自行解决，也可借助

贩卖时间的商店

他人的帮助。

在把委托费用退还给疆图的那一刻，温祚心里顿时轻松不少。

妈妈告诉过温祚，有时金钱的介入反而会弄巧成拙。在市民团体里工作的志愿者们分毫不取，靠的都是满腔热情，可一旦有金钱介入其中，人们就会根据报酬来计算利害得失，原有的热忱也会逐渐萎缩，很快便消失殆尽。

温祚这才明白了话里的意思。

为"野花自由"送信需要温祚倒贴零花钱，但她一点也不觉得可惜，个中缘由，温祚自己也能体会出来。每次前往山坡上的图书馆时，都像踏进了童话世界一样。在如画的风景里偷偷把信投进邮筒，那一刻的喜悦无法用金钱衡量，且不可名状。这份报酬足以让温祚心满意足。

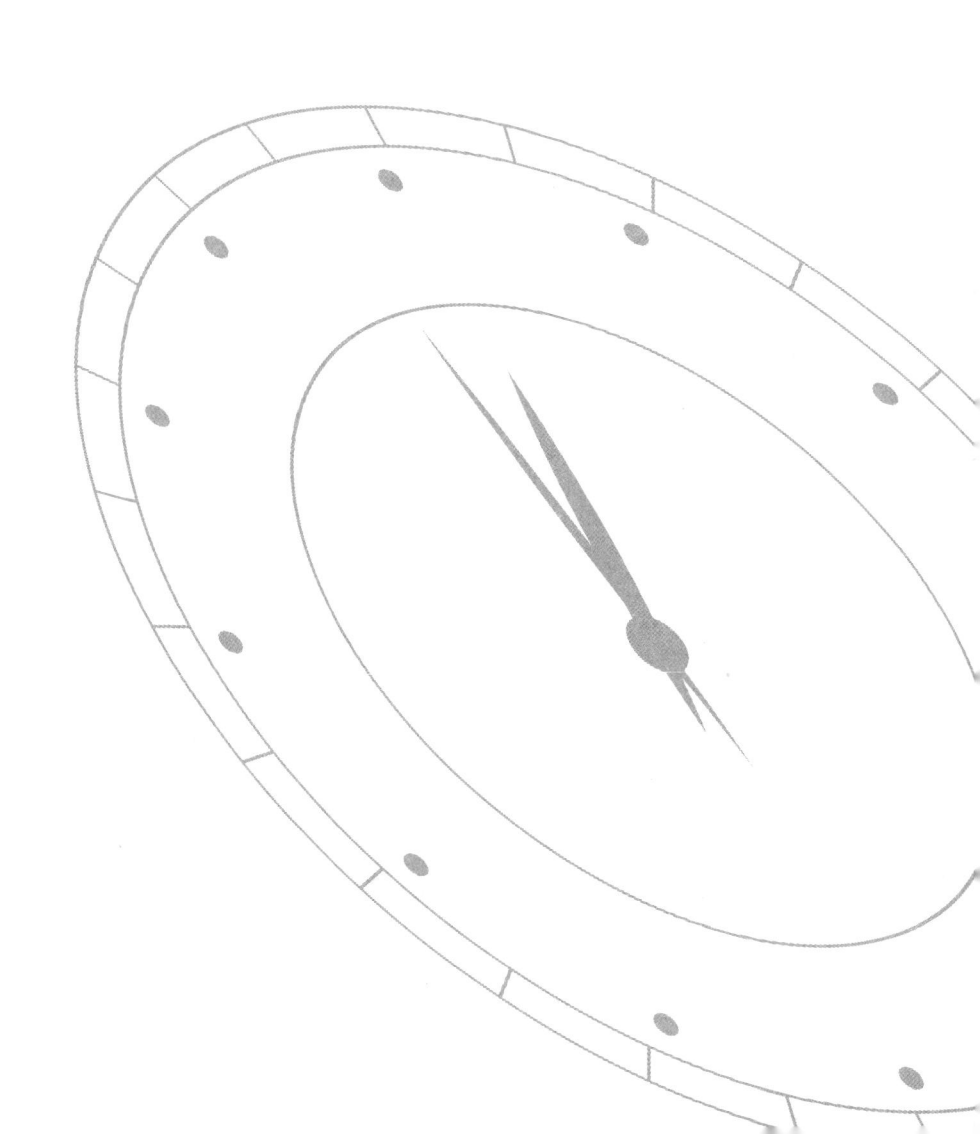

时间将带你我
走向何方

温祚与南珠和郑奕贤约好了一起去看早场电影。如何才能让三人见面时既自然又不尴尬,温祚苦苦思索了半天,最后得出的妙计就是去看电影。温祚试探着告诉了南珠,南珠听后立刻高兴得手舞足蹈起来,说自己已经开始紧张了,咽口水的时候还把自己给呛着了。南珠说,只要听见和郑奕贤有关的事情,她身体里的细胞就都会活跃起来。周六早上,温祚早早起了床,妈妈还以为太阳打西边出来了。她看着窗外,阳光明亮清朗。瓦蓝的长空天幕上点缀着大团的云朵,如梦似幻。南珠今天决定大掏腰包,好好感谢一下爱情的信使——温祚。

刚出家门,温祚就收到了一条短信,发信人不详。

> 快来天空花园小区顶楼天台,
> 此事与赃物事件有关,需要你的帮助。
> ——在你身边

除了私信和邮件，温祚从未用短信或电话联系过"在你身边"。会是什么事呢？

说不定是件好事。温祚本就在纠结要不要去当电灯泡，这条短信正好给了她一个绝好的借口，到时候在南珠面前编个恰当的理由糊弄过去就行了。搞不好南珠还会觉得这是温祚的"特别关照"，感动得一把鼻涕一把泪呢。

温祚穿好运动鞋，然后奔跑了起来。

顶楼，赃物事件，在你身边……

感觉不妙。她想起"在你身边"发来的最后一条私信——"虽然费尽力气把火给灭了，但似乎还有残留的火星"，那火星恐怕已死灰复燃，恐有燎原之势。

当她气喘吁吁地跑到天空花园小区楼下时，郑奕贤骑着自行车风也似的飞过，停在了前面的入口。温祚看了看手表，马上就要到和南珠看电影的时间了，郑奕贤怎么会在这儿？怎么办啊……南珠的脸浮现在她眼前——青一阵白一阵，气得七窍生烟。

温祚朝郑奕贤跑去。郑奕贤把自行车一扔，转头就往电梯走去。温祚喘着粗气赶上去，一把抓住了他的胳膊。

"你怎么在这儿？这都几点了，电影怎么办？"

郑奕贤面色惨白。

"没时间解释了，得快点赶上去。"

郑奕贤说道，手还在不停地按着电梯按钮。电梯上到十六层,还在继续上升。

温祚一边大口喘气,一边问道:

"什么?你到底是谁啊?谁让你来这儿的?你来干什么?"

"没办法了,爬楼梯吧。"

郑奕贤说着就抓住了温祚的手腕,却被温祚一把甩开。温祚一路跑来,全身上下都热腾腾的,但仍从那只手上感受到了一阵彻骨的凉意。郑奕贤拉着上气不接下气的温祚开始爬楼梯。温祚实在跟不上郑奕贤,只能张着嘴大口喘气,两条腿好似有千斤重,整个人都蜷缩在楼梯下。

郑奕贤急切地确认了一下电梯的楼层数,数字仍在不停地叠加。

"不行,我先上去,你再坐电梯跟上来。"

郑奕贤开始沿着楼梯往上跑。

电梯停在了二十五楼,一动不动。温祚也开始往上爬。所有事情都乱成了一锅粥。

电梯依旧停在二十五楼。

温祚拖着不停哆嗦的腿迈上了台阶,一时头有些发昏。待她上到九楼的时候,电梯终于有动静了。温祚按下了按钮,准备搭乘电梯,随后把身子靠在墙上缓口气。

说不定"在你身边"是因为太着急了,所以才拜托郑奕贤先赶过来,毕竟他们是同班同学。温祚这才发现,自己自始至终都未曾怀疑过"在你身边"的真实身份。可是作为商店主人，她不得不这么做。倘若委托人不愿透露身份，温祚就不能强行打探，一旦动了那个念头，就有可能使委托人暴露。特别是像赃物事件这种委托，温祚就更要小心翼翼了，因为自己的好奇心可能将对方置于危险的境地。

郑奕贤说过的话里，确实有一些让温祚起了疑心。他们统共才见了两次面，可他却讲了一些让人莫名其妙的话。对此，温祚虽怀疑过，却并未深究。

温祚坐上电梯，按下了最高层。她觉得胸口闷得慌，自己完全不知道发生了什么事情，不免又有些害怕。

通向楼顶的门斜斜地开了一道缝，温祚推开门，风呼地一下迎面吹来。成排的排风机一转起来，扇叶的一角就会撞上阳光，刺得人睁不开眼。眼前什么也没有，无比安静。远处传来救护车的鸣笛声。门旁边的角落里有一只肚子圆鼓鼓的络新妇，它正悠闲自在地趴在蛛网上。阳光和络新妇全都泰然自若地在天台憩息，一副天下太平的样子。

温祚探头探脑地上了天台，发现郑奕贤正瘫坐在水箱下面。

"怎么了？出什么事了？"

郑奕贤眼神放空，看了看温祚，又将头垂下。

"那家伙凌晨给我发了个短信，说要在日出时寻死，还说有朝阳做伴就没那么害怕了。我准备出发去电影院的时候才看到那条短信。"

郑奕贤低垂着脑袋说道。

"什么？那家伙是谁啊？"

面对这句没头没脑的解释，温祚大声追问道。

"就是偷 PMP 的那个人，A。"

温祚觉得眼前的光渐渐暗淡了下去，仿佛有谁把光线调暗了一样。

"什么意思？你在说些什么啊？"

"……"

郑奕贤喘着粗气，索性扑通一声躺了下去。

"你这么快就躺下了可怎么行啊？你怎么知道就是这里呢？而且太阳老早就升起来了啊。"

温祚抓住郑奕贤的肩膀摇晃了起来。他紧闭着双眼，满脸都是汗水。温祚跑到栏杆旁边，向下望去。一股旋风猛地蹿起，击中了温祚的脸，一下让她喘不上气来。下面仿佛深不见底，让人头晕眼花。

"周围我都看过了，不是这里。"

郑奕贤闭着眼，对着空中说道。

"不是这里的话，那会是哪儿啊？快打电话啊！"

"A 就住在这栋楼，以前我们在这个天台上聊过天。他说在这里俯瞰世界的时候，仿佛什么都不重要了，活着就是个玩笑。楼底下黑点一样的人像一只只蝼蚁，而他就是格列佛。他还说，往下看时有一个消失点，像极了一个会把人吸进去的黑洞。"

郑奕贤掏出了手机，他的手不住地颤抖。

"关机了。"

温祚腿一软，瘫坐在了原地。

怎么办……

温祚心想："难道说PMP物归原主的那件事反而成了把A从楼顶推下去的黑手？"

"郑奕贤，你老实说，你是不是'在你身边'？"

温祚发问的时候，心脏仍在止不住地怦怦乱跳，呼吸也变得急促起来。

就在这时，温祚的手机突然响了。郑奕贤和温祚都吓了一跳，两个人都看向了手机。是南珠打来的。怎么办？接也不是，不接也不是。

"搞什么啊？！电影都快开始了，你怎么还不来？找死吗？"

"南……南……南珠，对不起啊。"

温祚慌张得直冒汗。该怎么和南珠解释呢？温祚觉得脑袋好像也不转了，必须编个幌子瞒过去，可她脑子里却一片空白。

"真是的，你在哪儿啊？郑奕贤呢？他说了会来吗？"

"呃……他还没到吗？他说了会去的啊。"

温祚看了看郑奕贤的眼色后说道。郑奕贤似乎已经筋疲力尽，此刻正呈大字型瘫在地上。

"南珠，对不起，真的对不起。我以后一定给你解释，这回就饶了我吧。"

南珠怒气冲冲地回答：

"那家伙完蛋了，你，也死定了。有事怎么不早说？你们俩合起伙来耍我吗？"

南珠怒火冲天地吼道，声音大到连嗓子都破音了。没办法，只能实情相告了。再这样下去只会让事情越来越难办。温祚长长地呼出一口气，然后说：

"好了好了，洪南珠，真不是你想的那样，我发誓。你现在打车来天空花园小区，我在门口等你。"

温祚说完就挂了电话。

郑奕贤猛地翻身坐起，瞪大眼睛看着温祚。

"你怎么能叫洪南珠过来呢？"

温祚抬起头，发现他正狠狠地盯着自己。

"那怎么办？有别的方法吗？现在又是锣又是鼓的，一团糟。你也得站在我的立场上替我考虑考虑吧？这个先放着，你还没回答我的问题呢，你是不是'在你身边'？"

温祚大声吼了几句。郑奕贤又低下了头。似火的秋阳射向他的脖颈，让他看起来像个被拉上断头台的死囚，只等着铡刀落下。

"没错，我就是'在你身边'。现在找出谁是'在你身边'

有那么重要吗？"

郑奕贤没好气地说道，语气像在威胁她一样。

"你……你……你说什么？"

错的明明是他，居然还这么振振有词的。

"你真是比想象中还要迟钝。"

哎哟喂，这还不够，还要火上浇油。

温祚死死攥紧了双拳。

郑奕贤拍着裤子站了起来，一副无所谓的样子，好像在怪温祚怎么现在才发现。

温祚勃然大怒。郑奕贤还在自顾自地抖着裤子上的灰，温祚上去对着他的脑袋就是一巴掌，手掌火辣辣的。郑奕贤摸着被打的地方，两眼圆睁，嘴巴半开，瞪着温祚。不知道的还以为他被铁棍砸了呢。

"坏东西，这样有意思吗？"

温祚又抬起手朝着郑奕贤的脑袋挥去，却被郑奕贤一把抓住了手腕。

"你觉得我像是在开玩笑吗？你又没有怀疑过我，当时那个情况也不方便说出来。你不是也说了要为委托人的身份保密吗？所以我配合你了啊，就这么简单。我只是没说出来，不是故意想瞒着你。"

郑奕贤说得确实没错。温祚甩开了他的手。此刻她的心里，不仅有被人耍弄后的不快，还有被他看穿一切的羞愧。

"接着说啊,怎么等到现在才说出来?你今天为什么叫我过来?"

"因为我没信心独自面对这件事。说实话,我有些害怕。最先想起来的人就是你。"

"到底是怎么一回事啊?你怎么不早告诉我,你就是'在你身边'呢?"

"说出来又能改变什么呢?你到现在还不明白那个用户名的意思,看来你的迟钝不是一天两天能治好的。哎哟,好疼呀……"

郑奕贤皱着眉头摸了摸刚才被打的地方。温祚忙把打他的那只手藏在身后。郑奕贤没说错,就算知道他是"在你身边"也于事无补。

此刻的天幕之下,似乎只有郑奕贤和温祚两个人,还有那倾泻在天台上的秋光。四周静悄悄的,就算有人在这垂死挣扎,也不会有人发现。

"昨天我们班又有人丢东西了,这次丢的是电子记事簿。我和A对视了一眼,从他的眼神里可以看出,这次也是他干的。他的表情里透着一丝绝望,还有不知所措的难堪。之后,他便在今天凌晨给我发来了那条短信。"

"难道不应该通知A的家人吗?"

"我不知道他具体住在哪一户,只知道是这栋楼。"

"可以打电话问班主任啊!"

温祚突然想起了棕熊，觉得这时候还是应该寻求棕熊的帮助。

"那你准备怎么和老师解释呢？搞不好从上次的 PMP 事件到你开店的事情都会曝光。那样的话，事情岂不是会越闹越大吗？"

是啊，棕熊也帮不上忙。

当初 PMP 物归原主的时候，整个学校都闹得沸沸扬扬的。要是被棕熊知道自己已经前后两次参与到那个事件里的话，他肯定二话不说就会让温祚把店铺关掉。总之，现在还不到棕熊登场的时候。

"那 A 现在会在哪儿呢？"

"哈……"

郑奕贤深吸一口气，抬头望向了天空，随后又闭上了双眼。这时刮来一阵风，把郑奕贤脸上的汗吹干了。他又呼出一口气，然后说：

"只能希望他平安无事了。要是真出了什么事，肯定会有消息的。"

温祚和郑奕贤上了电梯。郑奕贤按下一楼后开口道：

"你还记得赃物事件吧？"

那件事想忘也忘不了，怎么可能不记得呢？直到现在，只要一想起赃物事件，温祚还是会感觉两腿发软。

温祚回忆起当时的心情。一想到眼前的郑奕贤就是那个让

贩卖时间的商店

自己陷入困境的罪魁祸首，顿时感觉他无比可恨。温祎咬紧牙关，问了一句：

"你委托那种事情是为了害我吗？"

"我看到贩卖时间的商店开张，就想做你的第一个委托人，只不过机缘巧合地碰上赃物事件罢了。我真不是故意要委托那种事情的。"

郑奕贤扶起自行车停好后，坐在藤树下的树荫里说道。那片树荫凉爽到有些阴冷。

"赃物事件过后，我也很不好受。A以为是我把PMP放回原处的。因为我目睹了案发现场，却没对外宣扬，而且在我发现后，他刚偷到手的东西又不见了踪影，他会怀疑我也正常。

"他说我和他本质上没什么区别。PMP物归原主后，学校不是闹翻天了吗？那个同学本打算和盘托出的，是我草率地先动了手。搞得我还要反过来向他求情。总之，事情变得越来越复杂了，不管怎么样都得阻止问题继续放大，不然连你也要惹上麻烦。

"我让他给我一天时间想想，然后再做决定，所以争取到了一点时间。那天，我和A聊了很多。

"我问他为什么不安静地等事情过去，他说自己再也承受不住了，就好像有人掐住自己的喉咙一样生不如死。我又问，早知如此，何必当初。他说自己也不知道为什么，等回过神来，事情就已经发生了。他为了摆脱不安的情绪，想找一些更刺激的事情来做，结果开始了小偷小摸。听说人在偷东西的时候，其他的杂念都无暇顾及，只剩一种快感。因为那一瞬间的极度紧张会让人忘却内心的不安。他为了改掉这个毛病到处查找资料，也做过心理咨询，却还是无济于事，所以陷入了绝望，认为自己到死都无法摆脱这个毛病。

"A在上小学时，曾在小卖部偷过一块口香糖，最后被妈妈发现了。妈妈逼问出口香糖的来处后，当场就拉着他去了小卖部。远远看见那个小卖部时，他很想躲起来，所以就躲在了花坛里的矮树丛和社区游乐园的滑梯后，可妈妈却不为所动。即便他拼命挣扎，不愿往前多挪一步，却还是拗不过妈妈。也许他就是在那时第一次品尝到了羞愧的滋味吧。妈妈最终像拖着一条狗一样，把他拖到了小卖部主人面前，让他把自己的所作所为一并道出，并向大叔道歉。还让他该把口香糖还回去就还回去，该赔钱就赔钱。他当时想死的心都有了。本是想让妈妈替自己说的，但妈妈神经过敏地果断拒绝了他的请求，一把将他推进了小卖部。比起自己犯下的错误，冷漠无情的妈妈反而令他憎恨到颤抖。他回忆说，自己当时害怕极了，因为没有一个人站在自己这边，就连最信任的妈妈也抛弃了他。

"听他说，他的家人大多出身名门学府，其中不乏商政翘楚。在他家，除了成为社会精英，其他的人生选择一概得不到认可。A其实成绩挺好的，只不过没到尖子生的程度，可他的父母仍经常贬斥他为家族的耻辱。在亲戚面前也毫不避讳地责骂他，所有人都袖手旁观，甚至落井下石。他父母总说，除了他们指定的大学，其他学校想都别想。每次听到这话，他都想一死了之。

"面对这样的父母，他觉得只有一个办法能让他们脸上蒙羞。因为他回想起自己对别人的东西动手动脚时，妈妈那病态的偏激反应。

"犯下错误回过神来，他也反思过自己。很多个夜晚，他都因为羞耻感而彻夜发抖。他真想狠狠地报复如此卑劣而可耻的自己。与其这样活下去，还不如一死了之，起码自己能有尊严地做出去死的选择。

"听完他的话，我不住地打寒战。打那以后，我眼前时不时地就会浮现出那个同学渐渐失去生气的样子，还被噩梦缠身，经常梦见他被无比凄惨地碾碎。我甚至还想，要是那天没看见他拿 PMP 的话，我也不至于这么痛苦了。不，就算看见了，只要装作不知情，那这份痛苦就不会转移到我身上。后来，我想起了你。我觉得自己很对不起你。要是那个同学出了什么岔子，那你和我一辈子都摆脱不了这个心理负担。所以我很害怕。"

看着恐慌的郑奕贤，温祚很想握住他的肩膀，但她没那么做。刚才被打的明明是郑奕贤，可温祚却觉得脑袋里一阵阵地抽痛起来。在听见郑奕贤说出"我很害怕"后，温祚也怕了。事情的严峻程度非同小可，这关乎一个人的生命。

温祚抬起头望了望密不透光的藤树，空气中似乎弥漫着青草香。藤树上结的一串串果实好像在宣告自己令人生畏的生命力。

南珠从出租车上下来了，一身打扮看得出她费了不少心思。平时很少见她穿的裙子今天也穿上身了，还搭配了一双带跟皮鞋。也难怪她这么费心，今天可是她翘首期盼的日子啊。温祚扑哧一声笑了出来，又觉得现在笑好像不太合适，就收起笑容，一边喊着南珠的名字，一边朝她跑去。

南珠把温祚伸出的手打了一下，同时翻了个白眼。之后又给了她一个眼神，质问她和郑奕贤为什么接连放她鸽子。南珠当着郑奕贤的面，没法由着性子生气。看到自己和郑奕贤在一起反而抑制了南珠的熊熊怒火，温祚稍稍放下心来。

"嗨，真是抱歉啊，突然有事赶不过去了。"

还好郑奕贤率先举起手打了个招呼。

"哦哦，你好。"

南珠愣愣地回答道。人生真是处处都有惊喜啊。南珠昨晚肯定一晚上都在幻想着和郑奕贤在光线柔和、四溢着爆米花香味的电影院前相遇的场景，打招呼的场面更是推演了不下一百遍，温祚和郑奕贤肯定也是一样。但任凭他们如何推演，也没料到会出现这么不尴不尬的情况——说"很高兴见到你"吧，好像不太合适，说不高兴吧，也不合适。电影院里的卤素灯光和惬意的环境不见了踪影，取而代之的是赤裸裸的秋阳，三个人被晒得睁不开眼睛，皱着眉头互相打着招呼。

"嗨，你们俩明明在一起，为什么还要说谎啊？"

南珠翻着白眼，咬牙切齿地沉着嗓子在温祚耳边说道。郑奕贤此刻就在他们跟前，温祚看着他，不敢轻举妄动。

"我有个朋友住在这里，今天凌晨给我发短信说要寻死，我正打算出发去电影院的时候，看见了短信。"

郑奕贤用他特有的毫无起伏的声音冷静地解释道。

"谁啊？为什么要寻死啊？现在又是什么情况？"

南珠的直觉正以光速运转着，她肯定好奇得要疯掉了。面对死亡的预告，又有谁能泰然自若呢？南珠似乎忘却了自己被放鸽子的不快，变得饶有兴致起来。

郑奕贤推着自行车走在前面，三个人很自然地朝广场走去。南珠一刻也不停歇地戳着温祚的侧腰，追问那个人是谁，温祚的侧腰都被她戳麻了。

"我也不知道是谁，说来话长，以后有机会再告诉你。"

温祚一边朝前走着，一边轻轻把那只不停戳着她侧腰的手拿开了。她手心依旧汗津津的。

南珠停下脚步，朝着温祚和郑奕贤的背影喊道：

"说要寻死就真的会去死吗？那世上还能剩下几个活人？我奶奶的背驼得鼻子都快挨着地了，每天早上都说自己'要死咯，要死咯'，我倒是觉得奶奶其实是在说'我不想死，我想活下来，还想多活几年'。那个同学肯定也是一样。因为他已经跌到谷底，万念俱灰，直到憋得受不了才返回水面求救的。"

听到南珠说话，温祚和郑奕贤同时停下脚步，回过头看向了她。

"瞧瞧你们俩这副熊样，别还没救到朋友，您二位就先走一步了。本来还想装斯文的，但我实在是看不下去了。"

等南珠说完，郑奕贤突然放声大笑了起来。温祚心想，这才是真正的洪南珠嘛。

熊样？什么熊样？温祚和郑奕贤互相打量了一番，这才发现俩人都成花猫了。四只眼睛像是受到了惊吓般生气全无，往里眍瞜了进去。不知道的还以为他们在天台一决胜负了呢。

郑奕贤摸了摸挨打的地方，自言自语地说：

"女孩子家家的打人怎么这么疼啊？又快又狠。我不要面子的吗？"

"没再给你几下就已经不错了。"

温祚咬牙切齿地说道。

温祚开始担心起来，倘若把赃物事件的始末告诉南珠的话，那就必须说出商店的存在，还要解释自己之前为什么一直瞒着她。一想到这，温祚便左右为难。这段时间发生的事情要是被南珠知道了，温祚绝对要挨上一顿好打。

风之坡

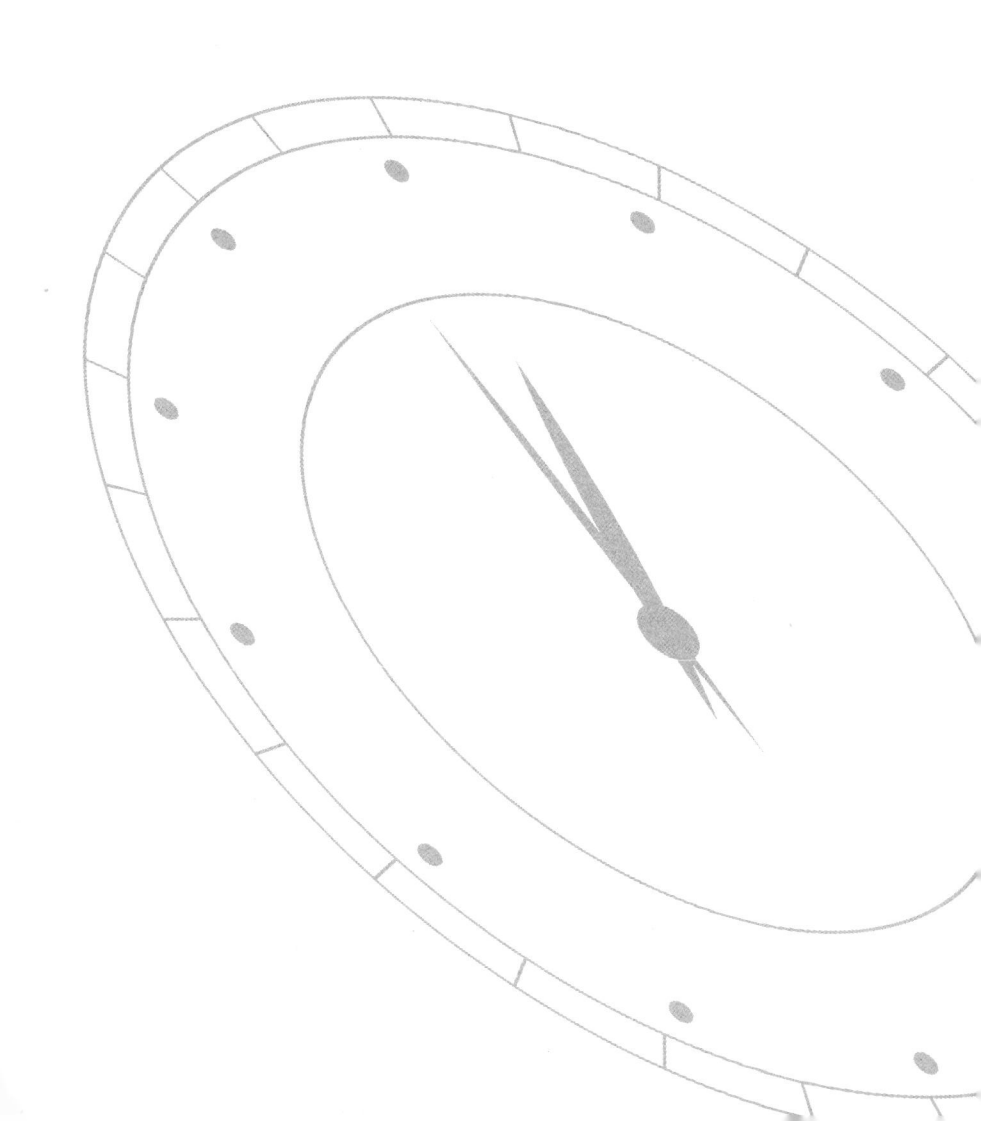

A已经连续一个礼拜没有露面了。在那期间，温祚好几次梦到一个看不清脸的人站在楼顶天台的栏杆前，过了一会儿张开双臂飞了起来。在梦里，人也可以自由翱翔，飞累了轻轻降落即可。

　　郑奕贤也做过好几次类似的梦。他跑去接住掉落的那个人，结果却发现身体如风中的雪花般轻盈，轻飘飘地直往别处飞。

　　A失踪十天后，他寄来的一张明信片被送到学校。收信人是郑奕贤。明信片轻如鸿毛，却足以让整个学校闹翻天。知道他还活着后，全校师生都放下心来。明信片上只有郑奕贤的名字和他自己的名字。大家都松了一口气，虽然上面没写"我很好""我还活着"之类的话，但万幸的是，上面也没写"对不起"。

　　明信片被送到学校的那天，A的父母来了。他母亲拿着明信片，不住颤抖，却还要维护表面上的平静。郑奕贤时不时地就被叫去办公室，担任A的发言人。在听郑奕贤说出自己孩子的想法后，A 的父母表现得异常冷漠，如同明信片上画着的集市岭[①]雾凇一般。他们因为自尊心受到伤害，满脸写着不悦。

第二天，一个包裹被送到学校，里面是电子记事簿。白色的记事簿上贴着一个黄色便利贴，上面写着"对不起"。拿到包裹的班主任好像陷入了恐慌状态，失神地望着窗外。一句"对不起"，就算被深深掩埋起来，终究还是活着爬了出来，吓得人失魂落魄。

电子记事簿是从南海[②]的一座岛上寄出的。郑奕贤的想法与班主任有所不同，他觉得这是 A 发来的求救信号，所以他给 A 发了一封邮件。

你在哪？

郑奕贤的邮件只有三个字加一个问号，可 A 却回了一封长信。

[①] 全称为"集市岭避难所"，位于智异山，供登山客进食和休憩，冬季可在附近欣赏到美丽壮观的雾凇。本章后文出现的地名均在智异山附近。——译者注
[②] 南海郡位于朝鲜半岛南端，隶属庆尚南道。——译者注

贩卖时间的商店

双脚的脚趾甲都脱落了。

我走了好几天。从巨林爬上智异山的时候，指甲已经发黑坏死了。

住在细石山庄的时候，指甲里流出了脓水。

还发出了恶臭。

经过集市岭的时候，终于流出了脓血。

你收到我从集市岭给你寄的明信片了吗？

本想发一张秋季风光的，但只剩下去年冬天的风景画了，我就选了一张挂满雾凇的枯木。

从集市岭出发后，我朝着天王峰前进。脚趾甲几乎要完全脱落了。

味道也更难闻了。

你问我怎么没死，还活得好好的？

说要寻死的家伙仍明目张胆地活着，穿梭在智异山间。

越往上爬，树木渐渐变矮，花的颜色越发红艳。

在天王峰下，我第一次流下了眼泪。

两脚的大拇指太疼了，让我不禁哭了出来。

路过的登山客们围了上来，

有人递来消毒药，

有人给我抹了抗生素药膏,

有人为我的伤口缠上绷带。

我再次出发,登上了天王峰顶,看到了那座写着 1915M 的石碑。

石碑被人们摸得锃亮。我也把手搁了上去。

希望它能给我带来平凡的幸福。

绷带上渗出了红色的血水。

我无法继续往前走,只好下了山。

最后在位于半山腰斜坡上的法界寺留宿了一晚。

脚趾甲在那时就已经完全脱落了。

在我松开紧紧缠绕着的绷带后,趾甲粘在上面一起脱落了。

郑奕贤回复说:

你小子,我就知道你肯定活得好好的。

把 PMP 放回去的人不是我,

是一个你不认识,但为了保护你而拼命鼓起勇气的人。

还有一个相信你比任何人都要顽强,

贩卖时间的商店

> 坚信你一定活着的人。
> 新的脚趾甲过段时间就会长出来。
> 你知道吗？
> 新的趾甲远比以前的趾甲要厚得多，也硬得多。
> 谢谢你，
> 是你让我心生勇气。

那个同学又发来了回信。

其实，那天凌晨我去了天台。把箱子里的东西烧掉后，我决定将赴死的决心付诸行动。箱子里面是一个维尼熊玩偶，以前独处的时候它会陪我玩耍。自打我把它从娃娃机里抓上来后，整个小学期间我都对它爱不释手。玩偶的布都变得破烂不堪，四肢像要脱落了一样晃晃悠悠的，棉花从针脚里跑出来，都快看不出维尼熊的本貌了，但我一直没有扔掉它。因为当我独自一人时，身边只有它陪伴着我。

我先把玩偶烧了。一开始，我还不确定能不能烧起来，没想到瞬间就化为了灰烬。我仿佛看见了伤痕累累的自己，慢慢在火焰里消亡。

风之坡

　　箱子里还有你给我的字条。
　　——我们未来的日子已经不足三万天了。
　　——假如把人生的长度看作二十四小时，那此刻的我们会是几点呢？也许是凌晨五点吧？
　　——你不是一个人，没有人是孤身一人。抬起头看看天吧，起码天空一直与你同在。
　　——希望无处不在。遍地的希望属于欣然弯下腰拾起它的人。
　　——现在还不是人生的高潮，你的精彩时刻属于未来。
　　我把它们都烧了。对于你的友情，我无以回报，只能为没出息的自己落泪。可谁承想，那些被烧成灰的方块字反而活了过来，一字一句地刻在了我的心里。我抬头看天，本以为自己是孤孤单单的一个人，原来头顶还有守护我的星星。就是你曾告诉我的启明星。星光清澈又明亮。那颗星星和你写给我的那些话一样，走进了我的心扉。
　　夜幕不知何时被晨曦撕破，天色渐明，看来太阳正从东边山峰后冉冉升起。日出耀眼夺目，好可惜，我的一生还从未有过如此炫目的瞬间。
　　我突然觉得，就这样死去未免太委屈了点。毕竟我们就像你说的那样，是仍被黑暗笼罩的凌晨五点。

贩卖时间的商店

我还未曾迎接过朝阳,还未品尝过美味的午餐。那俯首皆是的希望,我也想试着捡起。说不定这其实非常简单呢。想到这,我发现自己一直以来都过得唯唯诺诺的,从来没有鼓起过勇气。在父母的强压面前,我从未找到高歌自由的勇气,不曾拥有过正视自我的勇气,也从未给予自己保持本色的勇气。

我沿着路闷头走。随便搭上一辆公交车,也不设什么目的地,下了车就接着走。要是再遇见公交车,就上车,如此反复了好几次。身体的疲惫让我有了想活下去的念头。我脚底磨出了水泡,大拇脚趾的趾甲火辣辣的。就这样,我最后来到了智异山。

我想就这样走到天涯海角。满怀着我要揭开肉体极限的想法,就这样不停地朝陆地边缘走去。

我还想继续过这样的生活,不被任何人打扰。要是能尽早有此体验,我也许就不会这么累了。走了这么久,眼里才终于看清了独自行走的自己。

这里有个地方,很想和你一起去。现在我的耳畔还回响着那里的风声。

你能来找我吗?

附启:那个把 PMP 放回原位的同学胆子真大,我想认识他／她。记得替我谢谢他／她。

A 寄来明信片和电子记事簿的时候，郑奕贤和温祚、南珠都不约而同地聚在了一起。只要他发来邮件，哪怕只有一句问好，他们三个都会一起分享，确认他的安危。

南珠得以经常与郑奕贤见面，开心得像中了彩票一样。原来，发自内心的开心是藏也藏不住的，这在南珠最近的脸上体现得淋漓尽致。心旌神摇的悸动在南珠两颊开出朵朵粉桃，害她总想照镜子。

"洪南珠，你在和书谈恋爱吗？照了一小时镜子，然后和书本见面十分钟？"

"啊哈哈哈……"

晚自习上，南珠终究还是被班主任说了一句。南珠就是忙着恋爱，也不忘逗得全班人哈哈大笑。

温祚很好奇，不知道 A 说自己想去的那个地方究竟在哪里。不过，知道他有想去的地方已经是个很棒的消息了。而且，温祚在听说他想认识自己、很感谢自己的时候，内心的喜悦喷薄而出。她想起棕熊让她考虑把商店关掉的事情，当时模糊不清的想法经过时间的洗礼变得清晰起来。在和朋友们的相处中，温祚感到很幸福，满心想把这份幸福分享出去，她觉得这就是爸爸说的"与他人分享幸福的事情"。"贩卖时间的商店"存在的理由变得越发明晰。

他们决定去见那个同学。

自从上次电影院约会泡汤后，南珠就战战兢兢的，生怕这次的计划也会化为泡影。直到他们在长途汽车站见到面之前，南珠都在不停地给温祚打电话、发短信，一再确认他们到底会不会来。她还吓唬温祚，说要是这次再撇下自己两个人去的话，就要跟她绝交。

那天虽起了点风，但天气却非常晴朗。他们要换乘好几趟巴士才能到达目的地。南珠昨晚没睡好，一上车就小鸡啄米般地打起了瞌睡。醒了以后，又是好一通梳妆打扮，温祚在旁边都看不下去了。

他们一大早就出发了，到站时已是下午。温祚明明走在路上，感觉却像坐在巴士里晃荡，接连踩空了好几脚。胃里也翻江倒海的。

从汽车站出来后就是大海，心情顿时爽朗起来。大团棉花糖般的云朵绽放在海平面上。这就是疆图说的蔚蓝天幕吧？温祚望着海天一色的风景，想起了疆图。他撒下奶奶骨灰那天的天空，他与父亲登上望塔峰那天的天空，应该和此刻相差无几。

南珠一见大海就连声感叹，撒欢儿似的跑起来。那悠闲自在的模样，像只飞来海边郊游的蝴蝶。南珠有时像个老成的大人，有时又像个没心没肺的孩子。温祚发现郑奕贤的话越来越少，赶忙招了一把南珠，可南珠依旧我行我素地胡闹。趁他们不注意，南珠还溜到温祚和郑奕贤中间，挽起了郑奕贤的胳膊。幸好郑奕贤没见怪，很自然地默许了。他看向南珠的眼神不带嗔怪，反而觉得这样的南珠很可爱。

他们朝风之坡走去，那里就是 A 想去的地方。三人沿着海边走了好一会儿。路上遇见了一个渔夫，他迎着风默默修补着渔网，渔网和浮标摊在一旁。

远处出现了一个鼓起的山包，朝着大海的方向延伸出去，不禁让人好奇上面的风光如何。越往前走，风刮得越猛。南珠费尽心思打理的发型早已乱成了杂草。

离那个同学越来越近了，可郑奕贤的表情却越来越严肃。他说其实自己有点紧张。这一点温祚也有同感，在亲眼看见 A 之前，她都无法打消疑心。

转过弯，又出现了另一个向外伸的小山坡，像在迎接大海一样。坡上有几个人重心不稳地摇晃着，因为风很大。风从大海吹过来，看得出来风势十分强劲。光在坡下观望就能估摸出这风有多大了——从对面吹来的风能让快爬到顶的人不受控制地摇晃起来，好像被某股强大的力量操纵着，身不由己，令下面的看客提心吊胆。

当他们踏上平坦的坡顶时，果然不出所料，强风不由分说地开始鞭笞着他们的脸和身体。纤薄的纸门与风碰撞的声音不绝于耳。郑奕贤顶着风四处张望，想要找到那个同学。在这个坡上就算遇见熟人也认不出来。每个人的脸都被头发盖着，衣服像飘扬的旗帜般随风摆动，身体又像要被狂风吹飞一般摇摇欲坠，场面凌乱狼狈，搅得人精神恍惚。温祚牵着南珠的手，一步一步向前挪动。狂风张开血盆大口，将她们卷入旋涡中。温祚和南珠被驱赶到陡坡上，要想不被风推下坡去，就得拼命站稳脚跟。南珠有点害怕，说稍有不慎就会被风卷下悬崖，掉进大海。温祚和南珠则紧紧握住了彼此的手。

狂风肆虐下，坡上连一棵树都没有，只有长如发丝的杂草顺着风的方向紧趴在地上，向路人展示着风力的强劲。长长的杂草看起来很像湍急流水里的水草。脸和身体都在狂风的抽打下火辣辣地疼。这个在大海与大海之间横空出现的山坡，不是别的，正是海风开辟的道路。

温祚和南珠根本迈不开步，也分不清东西南北，正当她们张皇失措的时候，郑奕贤扶住温祚的肩膀，把她转了过来，他旁边站着A。俩人虽勉强站住了脚，却也被风吹得左右摇摆。

为何这一刻会让人发笑呢？温祚一看见他们俩，就忍不住笑了出来。南珠也瞅准机会，跟着笑了起来。在狂风里大笑使得她们的重心更加不稳了。A和郑奕贤也一起大笑起来。南珠捂着肚子差点笑翻过去，郑奕贤赶忙抓住了她，温祚为了稳住南珠自己也差点摔倒，被A一把给扶住了。四个人像中了魔法一样，在风之坡上你看着我，我看着你，就这样笑了好一会儿。肚子笑疼了，又用双手扶着腰接着笑，眼泪也被挤出来了，分不清是在笑还是在哭。笑了一会儿后，他们跟着A往前走，每一步都很费劲。这时，A朝温祚伸出了手，他一手牵着郑奕贤，一手牵着温祚，南珠则牵着郑奕贤的另一只手。四个人一并向前，与风抗争，多少比一个人要轻松一些。风拒不妥协，似乎是要逼迫他们屈服。温祚四人迎着狂风走向山坡的尽头。越往前，风吹得越狠，连睁眼都变得费劲起来。他们停下脚步，抱成圈，暂时背过身去。可风的势头未减半分，照样那么狂暴。温祚被吹得撞在那个同学的肩膀上，郑奕贤和南珠也撞到了彼此的肩膀。

山坡下湛蓝的波涛拍打着岩石，激起层层白沫。浪花借力于风，猛烈撞击着绿色的小灯塔，而后又支离破碎。任凭风与浪花使出万般力气，也拿灯塔没有办法。那绿色的小灯塔迎风而立，不愧不怍，坚如磐石。

此刻没有人说话。他们盯着破碎的浪花看了好一阵，那场面既酣畅淋漓，也让他们感到了切肤之痛。每个人似乎都成了山坡的一部分，体会到了被不知停歇的海浪侵蚀肉体的痛楚。

四人再次牵起彼此的手，朝坡上走去。A放开手，背风躺下。他向后倾斜着身体，却不会摔倒在地。他说，风既有横扫一切的力量，也有支撑物体的力量。

离开海边，他们朝陆地方向爬上去，发现风势竟神奇地变小了。明明才相隔几步路，却有着天壤之别。四个人的头发和衣服都变得乱糟糟的，却没有人在意，就任由自己以纷乱的模样展示在彼此面前。

A一边带他们往山坡上的长椅走去，一边说：

"这个地方有两点让我惊讶，一个是坡下横穿大海的风之通路，另一个就是一个人绝不可能靠近海边，还有山坡上人们的样子。独自在风中前进的人绝对是笑不出来的，只有结伴而来的人才会发笑。看到同行的伙伴被风吹得歪歪斜斜，还有平时根本看不见的凌乱模样，都会让人捧腹大笑。所以我觉得，要是有人和我一起来，我应该也能笑出来。"

A说完，不好意思地挠了挠后脑勺。

山坡下依旧刮着狂风。头发丝一样的杂草被一刻不停的风吹倒，顺着风的方向躺在地上。

A最后没跟他们一起回来。他说自己还需要一点时间，等新生的脚趾甲长结实后再回去。听了这话，他们没再说什么。郑奕贤紧紧抱住了他，两个人抱了很久很久。温祚与南珠分别和他握手作别，然后就离开了。握手的时候，他向温祚道谢。那一瞬间，温祚感到泪水在眼眶里打转。

想托付给
未来的事情

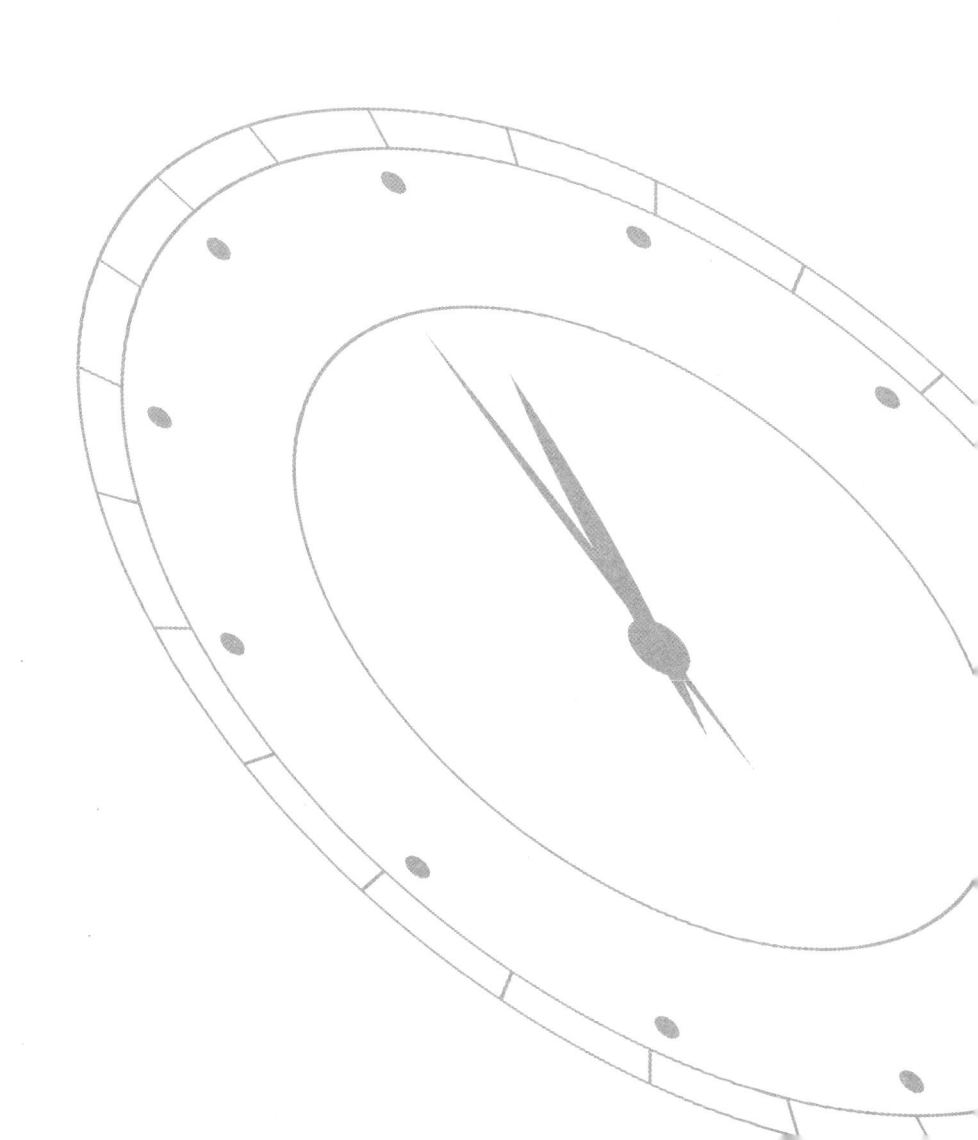

疆图发来了一条短信。

爷爷说他一定要见到温祚。^^
从开始就一直把温祚你挂在嘴边，
温祚东，温祚西的，
搞得我都有点动摇了。
请你在餐厅的用餐时间结束之前过来吧。

怎么偏偏是现在，电影的高潮部分还没结束呢。温祚跟南珠和郑奕贤说要去上洗手间，然后就从电影院出来了。这次见面是南珠促成的，她软磨硬泡地要再看一次电影，说必须弥补上次没看成早场电影的遗憾。

从电影院出来后，温祚小跑起来。这附近不太好打到出租车。

想托付给未来的事情

温祚坐上出租车，并没有直接让司机去湖畔烧烤餐厅。她还没决定是否要去见疆图，心脏已经开始突突猛跳起来。

"师傅，麻烦去湖畔公园。"

她想先缓口气。

周日的湖畔公园无异于往常的周末。唯一不同的，就是樱树围成的林荫路已染上了火红的颜色，落叶松的松针也浓烈似金，不时有金灿灿的松针落下。温祚就站在上回共进午餐时，爷爷俯瞰的那个位置上。

现在去还不晚，午餐时间还没结束。但温祚还是没转道去湖畔餐厅。她沿着湖畔漫步，想打量一下和爷爷一起坐过的位置。

疆图就在餐厅里。这是个和他见面的好机会。他率先向温祚发出了信号，但温祚还未回复他。

与湖水连着的一条小路上围了木栅栏，踏上这条路时，温祚收到了慧智的短信。她说自己找到了想做的事情。慧智曾说过，要是初高中六年能用来找到自己擅长的和想做的事情就好了。温祚听后强烈推荐她去做教育局局长，慧智望着天空笑了。那天的天空晴朗且耀眼，和慧智的笑声一样。温祚还是第一次见到这样的慧智。

慧智说现在的她不再看别人的脸色，而是会把自己的想法明明白白地讲出来。温祚从她身上感受到了一股坚定的意志。

温祚给慧智回了一条短信。

203

贩卖时间的商店

---💬---

恭喜！^^
是什么事情呀？
快告诉我吧！
！！！！！！

慧智回复说：

---💬---

秘密。
和你一样。

还记得慧智以前说过，哪怕只有一小会儿，她也想和温祚一样当一回有秘密的人，享受一下让别人看不透的感觉。看来她这是要浴血重生啊。这吴慧智，真是一刻也不忘逞强。温祚还没回复，就又收到了一条短信：

---💬---

那个胆大包天的商店，

现在还在营业吗?

温祚回复说:

---- 💬 ----

当然了,
为了我的VVIP顾客。
我还打算再招
两名店员哦★^^★

---- 💬 ----

那两个人里,
有我吗?

---- 💬 ----

这个嘛……还不好说。
毕竟,想进我们店得先通过
笔试、初面和二面呢。
你也试试报考吧。

贩卖时间的商店

  大门永远向你敞开哟~

💬

  真的？
  那我真报名，哦不，报考咯！^^

💬

  啊，还有一点，
  包括老板在内的所有员工
  都没有报酬。

💬

  嗯？
  啊哈！
  真不愧是柯罗诺斯！
  太酷啦！哈哈哈！
  ★^^★

温祚面朝湖泊，沉吟道：

"我是贩卖时间的商店主人。"

她抬头望向天空。风变凉了，游走在岑寂的云朵与清冷的天色里。在湖水对面山坡上的那扇玻璃窗后，疆图和爷爷正在享用美食。此刻的湖畔烧烤餐厅里响起了哪首曲子，疆图和爷爷又点了哪道菜呢？

温祚往湖畔烧烤餐厅望去，用眼神搜寻着上次和爷爷坐过的位置。

她在木板路上慢慢踱步。湖面上时间的纹路在闪闪发亮。那里有第一次与疆图爷爷见面的温祚；有温祚为了把PMP放回原位而紧张的时间；有"野花自由"的信件等待被她送出的时间；有收到疆图的短信却已读未回，即便想见上一面的疆图就在那边却仍选择不去的温祚。

温祚想把此刻这一瞬间托付给遥远的未来。她不禁心生好奇，此情此景经由时间的妙手后，又会如何改头换面呢？

时间让"现在"的走向变得扑朔迷离。唯一可以确定的是，只要我们不错过它，这一瞬间便会指引着我们走下去。

温祚下定决心，欣然踏进眼前五彩斑斓的秋色里。

湖水在午后阳光里波光粼粼，好不耀眼。

南珠发来了短信：

还不赶快过来？

哼~><

  温祚想象出南珠生气时翕张鼻孔的模样，忍不住笑了出来。她放慢脚步，沿着落叶松和樱树林荫路前行，非常、非常慢地踱步。从老远匆匆赶来的风气喘吁吁地撩动了树枝，又轻抚过温祚脸颊，扬起了她的头发。这阵风即将吹去别处，而这里又将吹来全新的风。正如你我每次相遇都如初见一样。

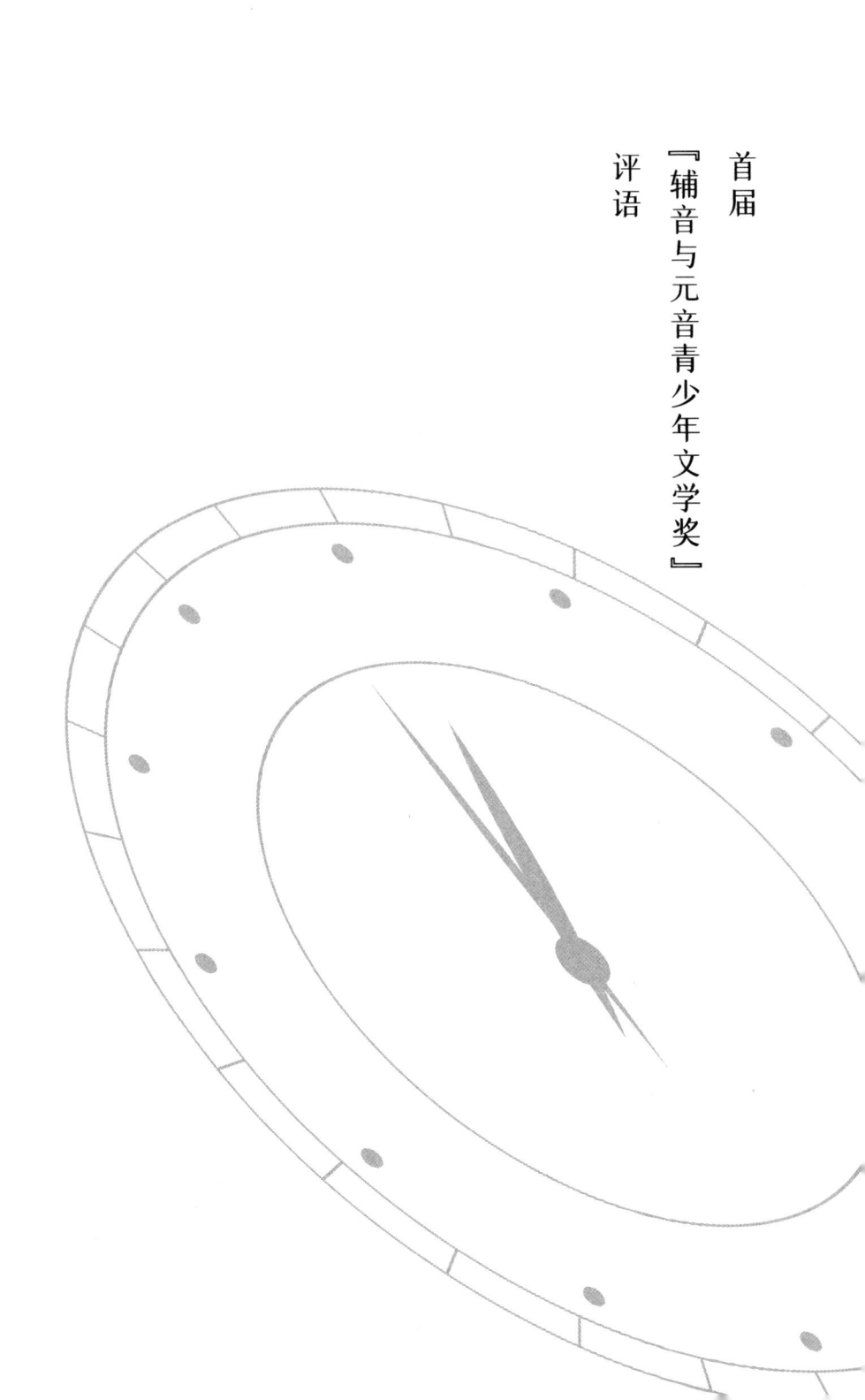

首届
『辅音与元音青少年文学奖』
评语

助力青少年文学更上一层楼的阶石

李相权（小说家）

育才树人的人文学杂志《辅音与元音R》为迎接创刊一周年，决定举办首届"辅音与元音青少年文学奖"，公开征稿于2011年9月30日截止。在此期间一共收到三十余篇投稿，这个数目绝不算少。但要是投稿作品中多半是些不成熟的作品，那这个数字也就毫无意义了。大赛组委会组建了评审队伍，分别是文学评论家朴景章、《辅音与元音R》编辑委员、文学评论家朴权日和《辅音与元音R》编辑委员兼作家李相权。所有投稿被三等分，每份为十余部作品，由三位评委分别进行预审。预审时间定为二十天左右，以便充分探讨每一部作品。通过预审的作品由三位委员轮番审读，而后齐聚一堂并选定获奖作品。

"辅音与元音青少年文学奖"可谓人文学杂志《辅音与元音R》育才树人精神的延续，从这一点来说，现有的青少年文

首届"辅音与元音青少年文学奖"评语

学奖虽名目繁多,但"辅音与元音青少年文学奖"追求的是更加清晰明了的青少年时代奖与未来奖。我们要求的,是能描绘出发生在这个青少年们赖以生存的世界上,炽烈而又不失温暖的故事。可惜大部分的预审作品都不尽如人意。首先,想搞青少年文学的人思想不够深刻。他们看待青少年和世界的角度过于浅显,当然赶不上当代青少年的水平。不,两者根本就不能相提并论。哪怕能稍微了解一下孩子们的想法,哪怕能赶上他们步调的一半之快,也不至于如此落后。正因如此,这些作品才会充斥着大人们想当然刻画出的蹩脚故事与人物,从中根本就找不到青少年的影子。这种现象与20世纪90年代的儿童文学如出一辙。自认为"我也养过孩子,那种故事我也能写"的大有人在,却鲜有人对文学进行深刻思考后再涉足。带着经验进行创作,这一点值得称赞,但他们很难为自己的作品镀上"文学"的光辉。即便如此,只要在结尾缀玉联珠,适当夹带一些教育意义,再触及一些问题的话,就能被交口称誉,披上"推荐图书"的华丽外衣,从而畅销无阻。儿童文学与青少年文学的销售结构完全依仗于"推荐图书"目录,如此畸形的销售结构导致很多作品无法得到专业的文学评价,致使众多空有其表的青少年小说被大批生产出来,所以这些作品探讨的主题与题材才会如此局限。文学创作怎能如此漫不经心呢?我最近经常看初高中学生写的小说,哪怕是和孩子们选的题材进行比较,这次的投稿作品也显得过于肤浅。"新人作家"本被赋予

贩卖时间的商店

无拘无束、自由探险的特权，可从这次的作品中，实在难以找到甘于冒险的精神。能找到别人没写过的东西，已经算是高人一等了。

在进入决赛的作品中，《中毒》《贩卖时间的商店》《我要成为加里·库伯》，这三部作品尤其让人眼前一亮。这次的参赛作品中有不少以青少年性问题为题材的作品，《中毒》就是其中之一。对性感到好奇的少年主人公虽被刻画得栩栩如生，但其他人物没能做到跃然纸上。此外，作品中青少年的角色里很不自然地混入了二三十年前的特点，这也是一大遗憾。有必要把作品中的每一个人物都挑出来细细斟酌，反复思考他们是否足以代表当代的青少年。总体来说，这部作品虽有瑕疵，但行文稳健，故事的推进强而有力。

下面再多聊几句以青少年性问题为题材的其他作品。其中的大部分让我感到困惑，不知道为何要写出这种文章来。他们到底是想对青少年进行性教育呢，还是想高歌青少年自由恋爱的权利呢？从作品中，这些都无从得知。倒不如去采访那些孩子，写一部纪实文学来得强。换言之，这些作品缺乏具体性。性对青少年来说是个敏感的问题，许多作品把性作为题材也在情理之中，但不可否认的是，这个题材既敏感又难以驾驭，因此在落笔前更应小心慎重。这些作品里有着大段与性相关的描写，尺度甚至超越了纯情漫画和网络小说。至于这类描写对于作品而言是否有必要，还需三思。仅仅在里面加入一些无所顾忌的淫秽表达，并不能代表那就是对现实的反映。我们要展现的是青少年的生活，而非一些皮相之见。

《我要成为加里·库伯》凭借稳妥老练的行文惹人注目，但可惜的是，作品里没有更深刻的可取之处。可以看出作者文字功底深厚，就是过于安逸了。不是说老故事就一定会成为青少年阅读的障碍物。今年秋天，我与四十余名青少年进行了面谈，每次三四人一组。他们来自不同的学校，但大多是想成为作家的孩子，其中超过一半都是理科生，或者与文学创作相去甚远的人。我跟他们讲了与文学有关的故事，但出人意料的是，他们对老故事也听得津津有味。比起最近在文坛上耀武扬威的小说家，他们对李孝石、蔡万植、金裕贞的作品更感兴趣。我们还进而讨论了一番，结果孩子们讲出了许多有血有肉的故事，让我大吃一惊。诗歌也是一样，比起最近享誉文坛的诗人，他们更喜欢前人的作品。我知道，这些孩子并不能代表所有的青少年，但我想通过这个例子指出一点，那就是没必要在创作前就自行设下条条框框，先入为主地认为孩子们会觉得老故事读不下去。《我要成为加里·库伯》也是老故事。加里·库伯是美国的老演员，现在的孩子恐怕没听过此人名讳，而故事讲述的正是一个喜欢加里·库伯的少年，这样的设定足以打动最近的小读者，而作者就更应深思熟虑了——思考小说结构，创造有趣的故事情节。然而，这部小说有些平铺直叙，所有情节都按时间顺序排列，好像在说"故事就是这样，你且

贩卖时间的商店

读吧",所以孩子们读起来才觉得费劲。应该将无数的事件与故事有机地联系起来,让读者有读下去的欲望。正因为缺少有机的联系,于小说高潮部分登场的重要反派才会被描写成一个转瞬即逝、无足轻重的人物。没有反转,沉闷无趣,读来费力。结果这部小说也没有成为人们常说的"成长小说",而是沦为一部模棱两可的作品。

我是在傍晚六点左右翻开《贩卖时间的商店》的。那天,我头疼了一天,犹豫了许久要不要读这部作品,但读着读着,整个人都变得神清气爽起来。我深陷其中,连妻子喊我吃晚饭的声音都没听见。这部作品有着令人欲罢不能的魔力,到底作者会以何种方式结尾,让人片刻也不忍将眼睛移开。最近还没有哪部作品能让我如此爱不释手。吃晚饭的时候,我也不忍合上书,就把它摊开放在餐桌上。时间早在人类创造出"时间"这一词语前就一直存在。也就是说,时间是自太古时期就经久不息的风,是日光,是月光,是大地,是树木,是草,是一切生灵。现在我们口中的"时间",不过是人类约定俗成的东西罢了。如此想来,人类把一天分为二十四小时的做法其实没什么意义,对后世"时间就是金钱"的训诫也是徒劳无益。正如作者在作品中提到的那样,一天的时间既可以是二十五小时,也可以是二十六小时。时间就是现在世界上所有生灵的一生。我们虽活在现在,但时间既存在于过去,也存在于未来。时间从不会中断,如流水般连绵不绝。所有生灵的一生中都流淌着时间，就像水中小鱼的一生历经千回百转，变为山中的飞鸟、树木和苔藓，再继续延续下去那样。这部作品就是以流逝的时间为题材的，颇具哲思，而又抽象，却被作者以平易近人、趣味十足的方式娓娓道来。文中稍稍使用了一些推理小说的写作技巧，一刻不停地激发出读者对下一情节的好奇，一波未平一波又起，直到最后也不失紧张感。故事走向如行云流水，没有一处卡壳堵塞。作者讲故事的笔力很引人注目，但里面句子的流畅性更加使我折服。我虽主要从事的是儿童青少年文学，但我仍敢断言，韩国作家们的短板就是句子。青少年文学就更是如此了。直到读了这部作品后，我才在心里暗自确信，这部作品将在韩国青少年文学领域成为一块助后人更上一层楼的阶石。我读过一部最近揽获了多个文学奖的作品，但里面的句法也不如这部作品出彩。这部作品很好地驾驭了韩语古语，并且恰到好处地融入了最近青少年们使用的语言。而且那些经作者字斟句酌，反复推敲出来的句子也毫不突兀，十分和谐。作者为了写出独具一格的句子而耗费的神思，从中可见一斑。这无疑为其他人树立了一个好榜样——作家就该如此。希望所有想成为作家的年轻人都能仔细阅读这部作品，含英咀华。当然了，这部作品也并非完美无缺。韩国青少年文学作家们身上的老毛病，在其中也有所体现——无论如何都要下一个结论的强迫心理，而且必须是个大团圆式的结论，这部作品也未能挣脱这一羁勒。我想指出的是，虽说在这部作品中，大团圆式的结

贩卖时间的商店

局也无可厚非，但跳出作品，从更宽广的角度来看时，还是有点缺憾的。

评委们一致推举《贩卖时间的商店》为获奖作品，没有任何人提出反对意见，这足以证明这部作品有多出众。我们一致认为，这部作品能够带领韩国青少年文学更上一层楼。祝贺作者当选，也祝愿作者勇往直前，尽情创造属于自己的自由天地。同时，也要感谢所有参与征稿的朋友，希望大家不要囿于"青少年文学"的框架。越是搞文学的人，越不能给自己戴上镣铐，而应别开蹊径，不轻易服气。青少年文学就一定要写青少年的故事吗？主人公就必须得是青少年吗？首先要追问自己这些最基本的问题，再去否决，再奋力去创造新天地。只有这样，才能开辟新世界。只有这样，才能孕育出别出心裁的作品。

纵使有无边无垠的想象力，也要呕心沥血、逐字雕刻的小说写作

朴景章（文学评论家）

小说就是故事，但不是所有的故事都能成为小说。口口相传的故事之所以不同于一字一句的小说，第一点在于小说以文字为载体，因此作者必须具备写作能力；第二点，小说面对的是看不见脸的陌生读者，中途也不可能停下来观察观众的反应，因此更需要周密的写作策略；第三点，小说必须在一定的体量内结束，因此需要具备系统的结构和有组织的框架。

小说虽是最晚诞生的文学种类，但因为其特有的"杂食性"，往往能将相近的所有学术领域统统包罗其中，进行"小说化"，所以没有小说涵盖不了的内容，也没有无法尝试的形式。但是，内容和形式上越是新颖的作品，越需要在独立的时空里具备自己独有的逻辑，并凭借这个逻辑让读者感动，让读者惊讶，让读者反省。

贩卖时间的商店

在所有的投稿作品中，共有五部进入了终审。这五部作品能进入终审的决定性因素就是它们具备了作为"文字故事"而应有的基本写作能力，换句话说就是读来顺口。反过来，这也说明了大部分未通过预审的作品并不具备基本的写作能力。希望大家能再次将这一点铭记于心，成为小说家的第一步和小说的起点都根植于其写作能力。

进入终审的《少女，静》和《中毒》均选择了青春期少男少女最好奇的"性"问题为题材。《少女，静》的文风用一个词概括就是"跳脱"，有时甚至有些出格。青春期的少男少女对于性的好奇总是压抑的，一旦得到一丁点的释放，就必定会迸裂而出，但这并不意味着跳脱的故事就等于好的小说。读完这部作品后，能留在我脑海中的除了几句和性有关的出格的语句，再无他物。

《中毒》和《少女，静》相比，在故事结构上略胜一筹。这部小说将性与辛辣味觉的对比作为整体构思，把认为"没有什么比性欲更加孤独"的主人公吉善鑫对性的探索作为故事主线。带领他探索的人是吴恩盈，她也是让吉善鑫领略到性的辛辣滋味的网络论坛管理员。吴恩盈长期遭受着身为地方法院检察官的父亲习惯性的肢体和语言暴力，最终不堪折磨，决然选择了离家出走，但她后来却在说出"不需要你这样的孩子"的冷酷无情的父母面前下跪求饶，这一幕完全不符合她之前所展示出来的果敢精干的性格，导致故事的情节性急剧下滑。

首届"辅音与元音青少年文学奖"评语

《特应征女孩》还算读得过去,但针对故事效果而设立的策略还远远不够。首先,小说从一开始就没能引起读者的兴致,之后很长一部分的展开也显得拖泥带水,读来乏味沉闷。主人公与刘安的性关系占据了故事的中心部分,却也显得不冷不热。只有在最后一部分,当妈妈说出"得病的孩子当然要更费心"这句话时,利用妈妈爱的告白与"特应征女孩"这一题目进行了呼应。

《我要成为加里·库伯》是一部行文稳健的作品。这部作品非常细致地描写了韩国20世纪六七十年代地方小城市贫民区的风光与风俗,称其为风俗小说也不为过。在一个个如插画般的短篇故事中,小说以初中二年级的志暄因对酒馆陪酒女美兰姐心生爱慕,进而对其情夫朴老板进行报复的故事为主线。但小说里浓墨重彩地描写了过去的风俗,而且过于注重单纯地再现过去,而这和塑造人物性格矛盾的事件展开之间是否有紧密的联系,还需要深入地考虑一下。作者应考虑得更加周全一点:到底当时的电影《正午》(1952)和贫民区生活的悲欢致使志暄拿起玩具手枪报复朴老板的故事,是否能给今天的青少年读者带去某种感动、惊诧和反思?

《贩卖时间的商店》也许是因为运用了推理手法,从一开始就很吸引人。连题材也是不好驾驭的"时间"。关键就在于如何维持推理手法与沉重的主题之间的紧张感,然后在末尾画龙点睛,这一点虽然处理得不算完美,但已经是部相当成功的作品了。"推理"这个犹抱琵琶半遮面的策略运用得很恰当，如何以青少年作为主人公去探讨时间这一主题本是个难题，但作品里把这难题消化得相对自然且无可挑剔。但是，小说后半部分越来越凸显出必须揭示和解决所有事情的强迫观念，这一点令人惋惜。万幸的是，作者把和疆图见面的事情托付给未来偶然的时间作为小说结局。作者在文中的一句句话，一个个事件里细致密实地布下部分与整体有机的结合、纠缠、含义和伏笔等，可以看出作者高超的写作技法。最重要的是，里面的语言让人心悦诚服，句子简洁明了，几经推敲，而且收放自如。事件的进展节奏与句子长短留白协调呼应，所以三名评委在终审中一致决定推举这部作品为获奖作品。长篇小说之难，令经验丰富的作家也望而却步。我向每位投稿者致以敬意，感谢你们踊跃参与这场艰难的文字较量。

在缺憾中"鹤立鸡群"

朴权日（文学评论家）

对于做大赛评委一事，一开始我是连连摆手，想要婉拒的。我专攻哲学与社会学，一直以来研究的都是这个，可以说是文学的门外汉了。我不能从文学的角度来判断某部作品的完成度，只是李相权老师让我完全站在读者的立场上去评价这些投稿作品，我不忍推辞，只好答应下来。

说实话，评审期间我的心情一直都不太愉快。大部分投稿作品在最基本的句子结构上都有问题。许多粗陋的句子，即便是想将其看作文学上的容许，也实在让人忍无可忍。有的作品连读下去都是个苦力活。还有不少作品，故事的进展处理得很老练，但主题意识却多少有些陈腐。有几部作品探讨的是青少年对性和身体的好奇，但令人遗憾的是，它们无一例外地过于"轻敌"了，而且内容与时代不符。这些作品中的"性意识"完全立足于成年人的观点之上，纯属发挥想象再创造的青少年性意识，并不是今天的青少年用他们的语言和生活叙事进行解读的"性"。

从阅读青少年文学的读者的立场来看，最糟糕的经验不过是通过书里青少年主人公的嘴，听到作者的说教。这是我最不愿经历的事情，但这次投稿的作品中，绝大部分没能避开这一陷阱。这一点很令人惋惜。我不知道出现这种问题是因为取材的不足，还是源于文学内部的其他因素，只希望下一届"辅音与元音青少年文学奖"的参赛作品能干净利索地突破这一界限。

金仙英女士的获奖作品《贩卖时间的商店》的可读性远超其他参赛作品，让人忍不住一口气读完。句子结构无懈可击，作品中青少年使用的口语也毫不突兀。直到最后一部分，戏剧性的紧张感与主题意识也丝毫没有松懈，这份韧劲儿把持得很好。青少年文学与所有文学一样，都是对人类成长的叙述。什么是成长呢？成长就是我与世界，个体与组织间斗争与和解的连续剧。《贩卖时间的商店》就是一个生活在当今时代的少女精彩的成长故事。"我与世界的矛盾"要是能表现得更激烈一点的话，就是锦上添花了，但瑕不掩瑜，这已经是部足够优秀的作品了。真心祝贺这部作品获奖。

首届『辅音与元音青少年文学奖』获奖者感言

合我身的衣服——青少年小说

金仙英

我害怕年底,因为一想到"颗粒无收"的一年就这么过去了,情绪就会不受控制地跌入谷底,成了无可救药的心病。今年我也预感自己会重蹈覆辙,因此在陷入泥潭之前,早早计划好要去旅行。

就在出发的前一天,我接到了电话。当电话那头传来自己获奖的消息时,我还恍然如梦。在对方祝福的话语里,我也意识到了,"啊,成了",脑子里却还是蒙蒙的。

那趟旅行期间,我一直心挂两头。本来非常喜欢遥远异乡和陌生事物的我,却生平第一次当了一回怀念故国的流民。

我以一部小说登上文坛,那是我彷徨的开始。即便出版了小说集,可我依然徘徊不前。我经常会问自己,小说到底适不适合我。写小说的时候,比起享受,我更觉得吃力。大概是种眺望无垠原野的感觉吧。写作看似是在无边无际的旷野里自由奔跑，肆意玩耍，可一旦拿起笔来，茫然失措的感觉又令我望而却步。

就在那时，青少年小说映入我的眼帘，仿佛为我量身定做的衣服。总有一天，这件衣服穿起来也会觉得紧巴，到时我会像现在这样，果敢地出发去找更宽大的衣服。但至少在现在，我想穿着这件正合身的衣服，尽情游戏。我想穿着它翻越崇山峻岭，徜徉在波涛汹涌的海岸，直到它令我生厌。

在开始写这部作品前，我给自己定了几个要求——写一部和最近层出不穷的青少年小说不一样的作品，主人公就选一个平凡的孩子，看似离经叛道，但为了找到属于自己的光芒而孤军奋战。同时希望能在其中融入哲学的思考，让青少年们容易理解。但愿自己的这份固执能够成为与世界相通的钥匙。

因此，我要向三位评委致以由衷的感谢，感谢他们认可这件衣服确实很适合我，并且读出了我的固执。

感谢我的儿子，虽然他狮子大开口，要拿走奖金的百分之四十，但他确实为我提供了重要的素材，并为青少年代言，传达他们的心理和语言；感谢我的女儿，她就是小说主人公温祚的原型；感谢我的丈夫，他作为我的首个读者，一直为我加油打气。

我想将这份喜悦分享给始终为我加油助威的朋友们。

感谢一直以来怜爱地包容我的小脾气的每位神明，也感谢

贩卖时间的商店

每一个瞬间。

　　感谢筹备这次大赛的"辅音与元音",让我得以品尝到无上的喜悦。

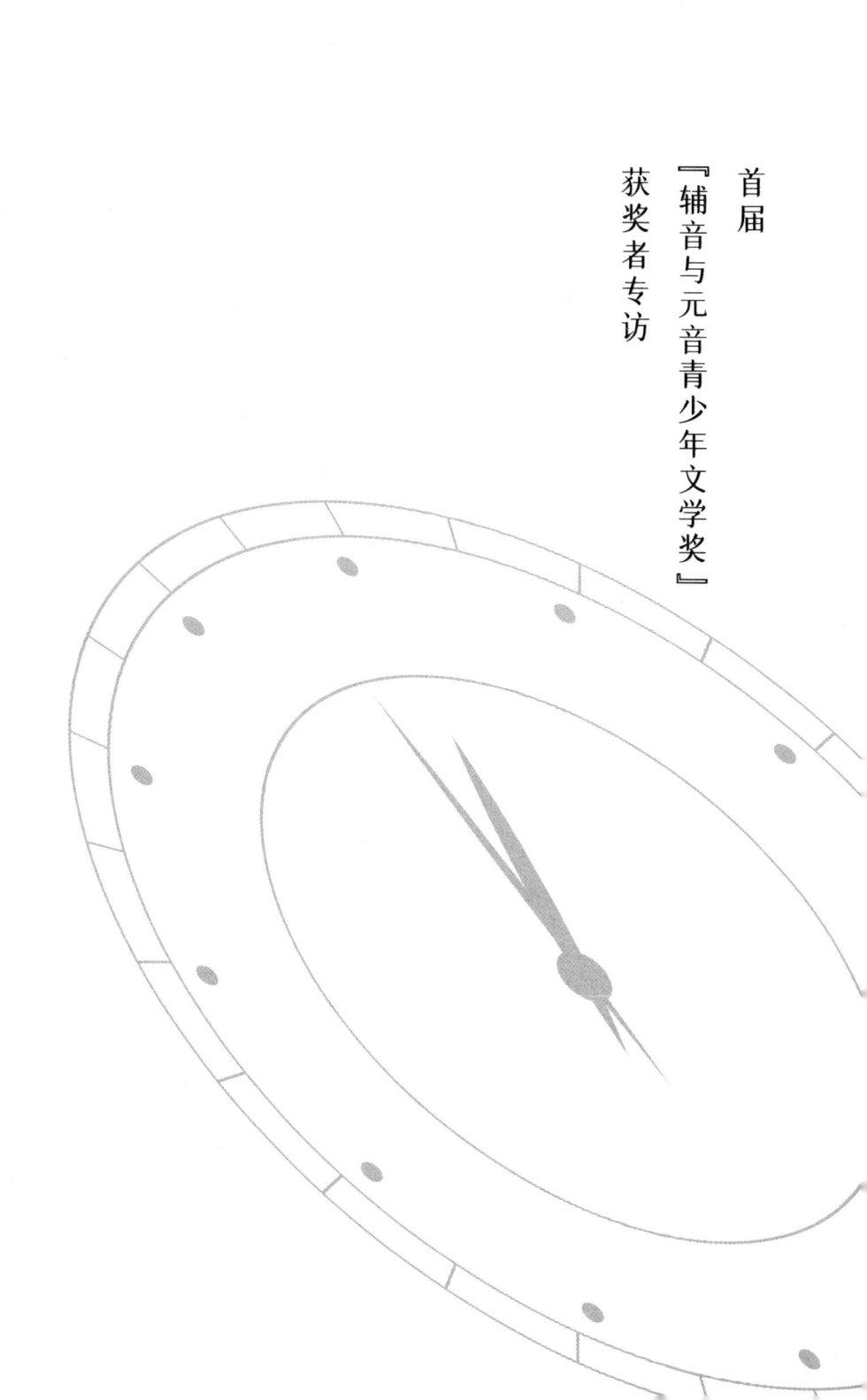

首届
『辅音与元音青少年文学奖』
获奖者专访

时间的两面性被有趣地交织在一处，
这部小说魔法般的秘密是……

李相权·金仙英

李相权：在审读新人作家们的作品时，时不时也能窥见我自己的身影。从中，我能找见自己过去的模样，而在读到奇思妙想和出人意料的故事时，开心之余也为自己捏了把汗。有时，我又会反思，觉得自己过于懈怠了，写的文章老套刻板。您写的《贩卖时间的商店》让我读后如沐春风。审读了这么多投稿作品，还是头一回想要与作者见上一面呢。总之，祝贺您获奖，请您说一下获奖感言吧。

金仙英：其实，我的第一反应不是高兴，而是蒙了。征稿截止后过去了一个多月也没有消息，我已经打消了一切幻想。一边想着这么大的奖项怎么可能这么轻易就落到自己头上，一边决心要好好构思下一部作品，再接再厉。为了让自己静下心来，我还制订了旅行计划。可就在出发的前一天，我接到电话，得知自己获奖了。当时是傍晚时分，我正和孩子们一起吃晚饭，那个消息在我听来一点也不真实。我甚至怀疑了好几次，刚才接的那个电话是不是梦，是不是幻觉？总之，这一刻我只想尽情地沉浸在喜悦之中，先把获奖者的责任与负担放在一边。感谢每一个"瞬间"，是它们带领我走到这一步的。

李相权：我自己也不是批评家，就提几个读者们好奇的问题吧。在我成为作家后，进行了无数次演讲，但读者们感兴趣的往往是我的生活。"以前的人生如何？现在又过着什么样的日子？喜欢哪种音乐……"读者们对这些微不足道的事情很感兴趣。请您就这些问题简单聊聊吧。

金仙英：我觉得自己开始写作的契机源自贫穷与父亲的早逝。我的父亲很早就去世了，我们家也因此过上了相当困窘的日子，寒门疾苦使我经常自言自语。渐渐地，这些喃喃自语多到连我自己也吃不消了，某一天，我甚至觉得不把它们都倾吐出来，我自己就要先憋死了。而我选择的发泄口就是写作。上初高中的时候，我一直待在文艺班，但当时只是停留在胡写乱画的阶段。学生时代的我认为世上最有趣的东西就是小说，长大后做个小说家也不错。后来，虽然晚了一些，但我三十八岁那年在《大田日报·新春文艺》上发表了小说《移葬》，正式登上文坛。现在的我在孩子堆里工作，指导他们写作，通过生态教育唤醒他们内心的感性。我近乎疯狂地喜爱看电影、旅行、散步和独自在自然中漫步，最近也是一有空就去享受这些爱好。我想，如今也该逃出贫困与父亲早逝的牢笼了，只有这样，我才能让自己包容和承载更多样的色彩。说不定，贫困与父亲早逝只是我对这个世界鸣不平的借口，甚至可以说是一种夸耀了。"是啊，我就是这么活过来的，你能拿我怎么办""没过过那种日子的人懂什么"，就是类似这样的耍赖皮，只不过都被捏碎揉进了小说里，包装得像模像样罢了。遇见小说，真是我的一大幸事。过去的我将贫困与父亲早逝看作提炼素材的珍宝，但从某个瞬间开始，我发现只有摆脱这两个陈套，才能赋予作品更宽广的寓意。

李相权：我的作品大都与生态有关，希望以后能经常与您见面，一同探讨生态文学。毕竟，生态在青少年文学领域也尤为重要。

最近，青少年小说可谓文坛上的一大热门话题。20世纪90年代后，儿童文学焕发了创作活力，进入21世纪后，这股燎原之势开始逐渐向青少年文学领域蔓延。我一开始接触的是一般文学（这不是专业术语，只是为与青少年文学做区分而使用的表达方式），之后又写了一段时间的童话，最后转攻青少年文学。我希望所有始于儿童文学和一般文学，而后转为青少年文学的作家都能和谐共处。您之前已以小说家的身份出道，那么后来又是怎么对青少年文学感兴趣的呢？另外，请您谈谈您心目中的青少年文学吧。

金仙英： 我把一般文学称作成人文学。我的文学之旅始于成人文学，但在不断的创作过程中，我感到越来越吃力。这是为什么呢，我不禁问自己。因为成人文学没有范围。我的水平还不够去驾驭无穷大里的某一样东西。其实一定的规则与规范反而能给人自由，所以每次写小说的时候，我都会给自己制定规范。那感觉就好比身着笔挺的制服，腰间别有一杆枪或一把刀，比起享受，我在这个过程中感受到的更多的是艰难。虽然成人文学允许我将自己想表达的东西多样化地融入文字里，但始终给我一种穿上了尺码过大的衣服的感觉。作为小说家登上文坛后才产生这种想法，确实有些后知后觉了。不过出道后，我反而能更加客观地看清自己的专属颜色，也因此迷惘不已。到底哪件衣服最合我身呢？这个问题一直揪着我的脖颈不肯放手。直到去年，我出版了第一部小说集，也算是给了自己一个交代，同时也明白了青少年文学很对自己的胃口。以前我就经常听别人说我的风格很适合写青少年文学，当然不是说青少年文学狭隘，到处设有条条框框，而是因为青少年文学与我个人的文风、性格相符。我很急切地想要尝试青少年文学，但却发现没那么容易下手。为什么每次要着手开始做某件事情的时候，都要助跑这么久呢？我刚开始注意到青少年文学那会儿，国内几乎没有人写这方面的东西。虽然也有几位老师，但不如现在这么活跃。所以我觉得自己肯定很有希望。可就在我犹豫不前的时候，国内对青少年文学的关注度开始飙升，很多新人作家，甚至有很多成人文学、儿童文学作家也踊跃参与到创作中来。我自己因为没有将想法付诸行动而错过了这个时机，不免有些焦急。不努力投身创作的话，就很难跻身前列。

还有一点，最近的青少年小说给人的感觉大多非常干燥、冷漠，让人不由得联想起"愤世嫉俗""冷漠""无情"之类的词来。虽然当代的青少年身上确实能看见这种倾向，但作为一个读者，这些作品的冷漠程度足以让我触目伤心。暂且不提里面那些恶意且残忍的场景，连对家人和周围人的描写也都极尽讥讽之事，简直让人忍不住质疑其中的必要性。最近在韩国国内发表的青少年小说采用的大多是这样的基调与章法。我真想反问一句，最近的孩子们真是这样的吗？真就如此薄情，找不见一丝温暖吗？我的孩子正好刚过青春期，光从他们嘴里都能知道现实情况没那么绝对。真正无耻、没人性的是这个逼着人去竞争的社会，在这样的社会里，我看到的更多是孩子们凭借满腔热忱相濡以沫、互相宽慰、互相鼓励的场景。他们正在大人们规定的制度下，努力开辟出属于自己的换气口。而能为他们扩大那个换气口的，说不定就是青少年小说。有不少喜欢惹是生非的青少年，但也有相当一部分不张扬、隐忍、默默承受

首届"辅音与元音青少年文学奖"获奖者专访

的人，他们身边也有许多朋友为他们递上温暖的安慰，而这就是我想刻画的东西。我认为同龄人之间的连带意识可以成为最强大的力量，所以想通过作品传达给他们一个信息——试着相信一回自己的能量。我不禁开始思考，在只追求竞争与速度，只认可第一名的社会里，作家能为99%的孩子做点什么呢？

外国青少年小说总给我一种海纳百川的感觉。小说里描写的虽然是青少年的世界，但那毕竟也是社会的缩影，所以作者会通过孩子们的视角来展现社会全貌，也有些作品探讨的是哲学主题。我并非偏爱外国作品，但外国作品确实更多样化，小说规模也更庞大，这也促使我们必须客观地看待韩国小说的现状。就我个人来说，我由衷地希望韩国青少年小说能成为一个包罗万象的容器。青少年文学的一大基本特征就是主人公和人物被假定为青少年，或者读者群体为青少年，应该剔除这种皮毛的东西，敞开大门，河海不择细流。假如一个作家把自己束缚在"青少年文学"的框架里，限制自己的创作，那他必将一直原地踏步。

李相权： 听到您说自己在创作青少年文学的过程中，作家意识变得自由而踏实，我感到有些惊喜。一般文学作家常说青少年文学沉闷，不能自如挥洒，而您的答复却恰恰相反，足可见青少年文学这件衣服有多适合您。《贩卖时间的商店》首先不是一部老套的作品，这已经非常有意义了。你把别人不愿意写的，别人写不了的故事反复琢磨，化为自己的故事，然后又为它涂上了只属于自己的色彩。时间这东西早在人类出现前就已经存在了，哪怕地球不复存在，时间也不会停下脚步。总而言之，"时间"就是人类为了生活便利而创造出的词。英国作家菲莉帕·皮尔斯的《汤姆的午夜花园》是一部探讨时间的名作，但我认为您的作品要更为有趣，传递的哲学信息也更强烈。不知道您选择"时间"这种多少带有一定观念性色彩的主题，是否有特殊的理由呢？请您讲述一下这部小说诞生的过程吧。

金仙英：我对时间的思考始于《德勒兹：流动的哲学》[①]这本书。以前我和几个作家朋友一起组建了一个读书会，而这本书就是在那时读到的。书的内容晦涩难懂，有很多部分难以通过语言组织后再表述出来，但其中格外令我回味无穷的，就是德勒兹的时间哲学。

> 现在终究不能被看作一个变为过去的点。我们总是把从过去延续到现在的时间想象为由那个点延伸而成的直线。任何的现在都与过去共存，二者同时存在，因此现在并非单纯地因为是"现在"而富有生动感。

---

① 本书暂无中文译本，书名为译者根据原文所译。——译者注

首届"辅音与元音青少年文学奖"获奖者专访

"现在"已经,且不论何时都是现在与过去的复合体及结晶。(……)记忆不单纯是用已过去的些许感觉来判断的事情,而应被看作与感觉在根本上(本质上)不同的东西。记忆不单纯是过去感觉的烙印与残相,而是由过去的相互关联与相互渗透所构成。在持续具备生动感的时间内部,过去并不是简单的"已过去的现在",现在也绝非与过去的决裂。现在与过去绝对同步,现在不过是相互渗透、相互关联作用的潜在的过去的集成前端。[①]

我从未接触到对时间如此到位的整理,读完让人如饮醍醐。既然过去与现在相互关联、相互渗透,那么我们度过的时间并没有消失,而是持续存在着。

正好那时候我在报纸上读到了一则报道,上面刊登了一位美丽的中国女性的照片,旁边写着"出售本人照片"。在读到那则报道的一瞬间,灵感的经线与纬线开始交织起来。另外,我还在那时候得知了一个孩子去世的消息。他和我的儿子同龄。在晚自习快结束的时候,班里有人丢了东西,老师对那个

---

① 《德勒兹:流动的哲学》,宇野邦一著,李正宇、金栋善译,Greenbee,2008。

贩卖时间的商店

被指认为犯人的孩子说了一句"明天再说",把事情往后推了一晚上。结果那个孩子没能熬过那个夜晚,第二天自行结束了自己的生命。

我感到非常痛心。儿子告诉我这个消息后,我当场就瘫坐在了冰箱前。那天晚上的时间该有多难熬啊?出于对眼前的,或者之后时间的恐惧心理,这些孩子在花一样的年纪选择离开。所以我想,能不能把这份恐惧变为希望呢?这样的话,应该就没有人会如此轻易地放弃生命了吧?我在内心不由自主地高喊,"拜托了,请好好活下去"。这个想法又开始与我认为的"时间"交汇起来,成了我创作上的一大灵感源泉。就这样,故事有了框架,而且很快就完成了。从我正式执笔到终稿,一共花费了四个月左右的时间。在写作过程中,故事里的人物都活了过来,陪我度过了一段幸福的时光。他们手牵手,肩并肩,把绝望扭转为希望。在我和他们相伴的时间里,从写作中充分体会到了此前从未有过的愉悦感。

在书里运用推理小说的写作手法是为了增加趣味性,一开始我根本没想到这属于推理小说的范畴。我认为故事的一大能力就在于,一旦加入紧张感,读起来感受便会加倍,所以我把故事设定为匿名人物逐渐揭开真面目的走向。而且,最近生活中的媒介则完全具备这种匿名的条件。邮件、手机短信、聊天软件等媒介都具备匿名性,这在日常生活中也已是屡见不鲜了。

李相权: 您果然对时间进行了一番深思和研究啊。这部小

首届"辅音与元音青少年文学奖"获奖者专访

说的题材与结构很吸引我，但最引人注目的，当数行文了。要是有人问我韩国儿童文学，或者青少年文学的最大短板是什么的话，我肯定会毫不犹豫地说，"是句子"。所以这部作品的出现实在是可喜可贺。文中娴熟地使用了许多韩语固有词，富有诗意的表达也很出类拔萃。

金仙英：成人文学有一大好处，那就是可以弘扬韩语里的许多古语。特别是随着社会高速发展，农耕社会不复存在，许多饱含情感、寓意深刻的词汇也随之泯没，这让我深感惋惜。为了找到这类词汇，我甚至故意去翻字典，但很多时候不像想象中那么顺利。像韩语这种准确而富有表现力的语言并不多见。出于挽救这些逐渐消失的词汇的想法，我有意多使用固有词。就算青少年们读起来可能像在看外星语，但我认为作家必须这样写，而孩子们也必须有这样的阅读体验。这么做的话可能会带来一些抽离感，但这不正是作家应当做的事情吗？连我们这一代人都不使用的话，那压根儿不用指望下一代了。在青少年的语言中，过度省略、暗语、俗语、俚语和新词多到让人见怪不怪。每天都有让人费解的新词被造出，而后又失宠。试着想想两代人沟通的难题吧，中间的鸿沟真是难以逾越。

我认为，在青少年文学里使用他们的语言是件理所应当的事情。他们的语言生活中虽有不可取的一面，但那是他们对时代所做出的反应，所以也必须在作品中反映出来。不过，这也

贩卖时间的商店

是一直以来困扰我的一大问题，因为我没能充分地展现他们的语言，也没有为此付出多少努力。我之所以这么做，是因为我还没能在文学和青少年语言之间找到一个妥协点。相信以后经过更多的考虑，这一问题也会迎刃而解的。

在创作过程中，我没有刻意区分成人和青少年的语言风格，也并没有留意要那样做。我觉得只要融入人物的情感中，就能自然而然地找到适合他们的表达，不过这一点今后也需要多加斟酌。

李相权： 在写青少年小说的时候，我也经常针对如何表现孩子们的语气、短信内容、衣着等询问我孩子的意见。我会先写下短信内容，然后让孩子帮我修改，这样才能最大限度地再现孩子们的语气。当然，我不是说这样做就一定是对的。尽可能地接近孩子们的真实面貌当然会更好。这部作品中也有不少短信交谈内容、高中生之间的对话和成人与高中生的对话，有些地方不太自然。特别是大人与高中生进行思辨式对话的部分，语气过于书面化，有些段落里出现了没有节奏感的说教，这一点有点可惜。

金仙英： 在平日里，我对孩子们之间的"语言破坏性"文化比较抗拒，所以不常使用那些花哨的表情符号，也不会用一些过于简略的表达。这是我个人的抗争。不过，这也使小说中有些地方没能很好地使用孩子们的语气。之前也提到了，我还没办法在这方面妥协。要想描写他们的生活，首先就得讲他们的语言，但这一点我还不是非常情愿去接受。也许这其实是缘于我的懒惰吧，只不过被我包装成一种情怀了。本该不辞辛劳地研究和接受属于他们的文化……我个人不太擅长写对话体，初稿写成后删改最多的就是这部分。以后要多多在这方面下功夫了。

李相权：有个问题是众多读者都想知道的，也是讲座上读者们最常提出的问题之一。请您谈一下，在学习文学的过程中，最让您尊敬的作家或受益匪浅的作品吧。就我而言，我总是把李文求老师和崔贞熙老师的作品随身带着，读了又读，就算自己的文章已经写完了，也会不停地拜读二位老师的作品。

金仙英：在写作生涯的初期，我很喜欢李慧敬老师的作品。李老师的作品淡泊朴素，通俗易懂，让人感同身受。最近比较喜欢的是尹兴吉老师的作品，字字珠玑，浑然天成，毫不突兀，自成佳作。越读尹老师的作品，越能发现里面有机的连接，没有一句话是多余的。我主要读的是尹老师的短篇，短短的篇幅里不仅揭示了人类的本质，还将社会、国家、民族一类沉重的主题融入其中，让我大受震撼，尊敬之情油然而生。我很想与尹老师见上一面，喝杯热茶，您愿意和我一起去吗？

贩卖时间的商店

在外国作家中，我很欣赏日本作家夏目漱石。《心》这部小说让我一见倾心，里面的语句怎么能如此动人心弦，让人眼眶湿润呢？一下子就俘获了读者的芳心。虽然《心》是部长篇小说，但扣人心弦的情节贯彻首尾，衔接过渡的句子更是比女性作家所写的还要细腻和感性。

李相权：您的作品中出现了不少人物，而且每个人都各具特色，栩栩如生。"慧智"和"爷爷"这两个角色刻画得很好，其中"爷爷"这个角色给我留下了深刻的印象。他在整篇小说里的存在感不容小觑，但总体上来说，好像缺少了一些有机的布局。特别是爷爷的退场，比起出场显得有些不自然。请问您是如何看待这些角色的呢？还有，这些角色是如何诞生的呢？请您谈谈其中有趣的小插曲吧。

金仙英：我在设置角色的时候，大多以身边的人物作为原型。对小说来说，人物的典型化能左右整部作品。一部人物鲜活的作品大多能令人印象深刻。在平时的创作过程中，不论篇幅长短，我都非常注重这一点。因此，有时在看见一个令人印象深刻的角色后，我也会浮想联翩。主人公温祚是以我的女儿为原型的角色。她不够引人注目，但为人却非常固执。我陪在她身边，看着她一步步点亮属于自己的光芒，长大成人。主人公温祚虽有些谨小慎微，做事情前总是胆战心惊的，但这并不妨碍她默默前进。作为主人公，这种性格真的很不讨喜，但我觉得这却是大部分孩子的写照。他们大多被贴上"平凡"的标签，不受关注，但只要细心观察每一个这样的孩子，就能发现他们身上都闪耀着特有的光芒，十分可爱讨喜。我认为平凡的孩子也应当成为主人公。

其实，我写出慧智这个角色，是为了巩固温祚开网店的正当性。温祚表面上平平无奇，但只要观察她的内在，就会发现她其实很有主见，不为外界声音所动摇，理直气壮地展示自己的闪光点。和温祚相比呢，慧智从性格到行为举止都比较特立独行，但如此特殊的慧智反而没有自我。看似什么都不缺，实则软弱无力，只知道听从父母指示，这就是当代孩子们的典型表现。话虽如此，慧智身上其实也有种很吸引人的魅力。而另一方面，她在孤独中拼力挣扎的样子也让我心疼。希望慧智也能找到自己身上独特的光芒。

"爷爷"这个角色的出现，本是为了体现不同年龄段的人对时间不同的想法，但爷爷不堪回首的家事似乎更夺人眼球，我承认，把这个角色作为引出卡伊洛斯时间的工具，未免有些过犹不及了。而且，我更侧重于主要角色，所以在分配其他角色的时候不够妥当。

李相权：温祚在自己的网店"贩卖时间的商店"主页上，上传了柯罗诺斯的画像，并且在画像上写下了讨论时间两面性

贩卖时间的商店

的字句。"世界上／最长又最短的东西／最快又最慢的东西／最能分割，却又最为宽广的东西／最低贱，却又让人留下最多悔恨的东西／没有了它，什么事都做不成／它使一切琐碎之事归于消亡／为一切伟大之事灌输生命与灵魂／它是什么呢？"最后一句"它是什么呢？"应该是温祚留给自己的问题，因为小说的主要情节描述的就是温祚去寻找这个答案的过程。一开始温祚是出于"既然时间能用金钱交换，要不然试试贩卖时间"这一想法，才创立了这个店铺。温祚在向妈妈讲述有关物理学上时间的金钱价值时，妈妈给了她一个忠告，"时间并非我们所想的那样坚硬又有棱角，而且'时间就是金钱'这句话虽是句名言，但其中却又暗含暴力，妈妈希望你能好好思考一下"，此时的温祚坦白地说自己根本听不懂这话是什么意思，不过那句话"像是空谷传声，在温祚脑海里回荡良久"。也就是说，温祚在开网店的时候，其实并不懂主页上写的时间的两面性（柯罗诺斯和卡伊洛斯）是什么。于我看来，温祚在之后接下来的每一件委托看似在贩卖柯罗诺斯的时间，实则是发现卡伊洛斯式[①]时间的奥义。所以"它是什么呢？"这个问题，似乎既是掷向温祚的，也是掷向读者的。对于这一点，您是怎么

[①] 古代美术关于"时间"的一种概念和图像类型，表现为卡伊洛斯（Kairos），意味着转瞬即逝的时间。——译者注

看的？

金仙英：我认为不论是哪种作品，主人公都必须有所变化或成长，这也正是作者想要表达的东西。温祚最初开网店时立下的宗旨里肯定包含着卡伊洛斯的时间，只是她自己还未意识到这一点。温祚从一开始选择的是用柯罗诺斯的时间来交换物质，但她在后面加上了一条线索——"必须是有意义的事情"。在与爷爷的两次见面中，卡伊洛斯的时间逐渐变得形象化。虽然这是一个不够严谨的时间概念，但温祚在运营商店的过程中明白了其中的奥义，知道了何种时间会让自己堂堂正正地感到幸福。商店的运营方向也因此而改变。这正代表了温祚的成长，也意味着在时间的不断累积中，温祚"人生的纹理"也发生了变化。那个问题是问向温祚的，也是问向商店访客、读者和每一个人的。这是不是想告诉我们，要不时地向自己和他人发问，"此刻这一瞬间，我会选择哪种时间，我在什么时候最能感到幸福"呢？不过，最准确的含义还是要问温祚了……

李相权：也就是说，这部作品的核心内容就是柯罗诺斯式的想法朝着卡伊洛斯式的想法过渡的过程。换个说法，柯罗诺斯式的时间为"客观的时间"，也就是我们所熟知的，被人类创造出的钟表记录的标准时间，而卡伊洛斯式的时间则跳出了人类约定俗成的时间概念，可以说是"主观的时间"了，就像

贩卖时间的商店

《汤姆的午夜花园》里被置换的时间概念一样。主观的时间指的不是单纯流逝的时间，而是被赋予了主观性意义的时间，也是选择与决断的时间。作品里的每一章节都加上了小标题，可以说在这部作品中，时间的含义为至关重要的主题意识。像这样"以对比的形态被赋予意义的两种时间"，即用文学的方式来刻画时间的两面性，我个人十分赞赏。我敢断言，这部小说将如平地一声雷，颠覆既有的青少年文学圈，让那些认为青少年文学离不开"性""学校""朋友"这三剑客的作家、评论家和编辑大受震撼。不过，作品中仍有不尽如人意的地方，温祚（柯罗诺斯）意识到选择与决断的重要性的契机，以及柯罗诺斯与卡伊洛斯之间的冲突与紧张感是否很好地表现了出来，这一点值得进一步探讨。不然有的读者可能会质疑，认为卡伊洛斯式的时间终究还是沦为了为作品注入哲思的工具，或者只是一个做样子的"架子"。

金仙英：您刚才提到，卡伊洛斯式的时间是为作品注入哲思的工具，或者只是一个做样子的"架子"，其实这和我的意图有别。芸芸众生大多追求或者希望时间能与物质交换，慢慢地，人变得越来越自私，甚至不惜去伤害别人。用这种态度去使用时间的话，人生会变得不幸。为我们带来幸福的，肯定是富有意义的时间。即便如此，还是不能把时间划分为能产生物质成果和富有意义的东西。因为即便是为了得到物质成果而付诸的行动，里面也包含着行动者的意图和意义。谁都能付诸行动，此刻每个人也都在行动着。只不过我认为，更看重事情带来的物质结果，还是更注重赋予事情意义，会让这件事的光彩与意味有所增损。世上有很多人不顾物质结果，毅然选择牺牲自己，把时间花费在做成有意义的事情上。

或许这就是我没能很好地把柯罗诺斯与卡伊洛斯之间的冲突表现出来的原因吧。我们所使用的时间里，二者均被包含其中，很难在它们中间划清界限。只不过作品突出的是主人公意识到卡伊洛斯的时间，并为选择哪种时间会更幸福而不断探索的过程。柯罗诺斯与卡伊洛斯的冲突可以通过书中人物之间的表现看出，虽然不是浓墨重彩的描述，但也能从字里行间感受到。爷爷与疆图是这样，温祚与另一个自己也是这样，疆图与另一个疆图亦是如此。

李相权：能从不同角度去解读时间是件好事，时间本身不正是如此多面吗？每个人拥有的时间都是相等的，根据每个人接受时间的方式不同而变化多端。对于同样的时间，这个人感觉度日如年，而那个人却觉得光阴似箭。读完这部作品后，我觉得结局有些令人遗憾。结尾处似乎有些仓促，有种"啊，得快点把问题给他们解决咯"的感觉。结局是不是太过注重"大团圆"了呢？您对此是怎么想的？您从一开始就想好了这个结局吗？就我个人而言，很多时候写着写着结局就朝着意想不到

贩卖时间的商店

的方向发展了……

金仙英：我没有预想过其他的结局，只是跟着书中人物一步步走着走着，自然而然地把锚给抛了下去。"大团圆式的结局"确实受到我个人的强迫心理影响了。如您刚才所说，感觉好像必须尽快解决问题，让小说圆满收场。听到您说"大团圆式的结局"，我像当头挨了一棒，因为我根本没有考虑过以其他方式结尾。其实我也反思过，自己是不是有些懈怠了。好比终点就在眼前，我当时满心只想赶快撞线，好让自己喘口气。不只是这部作品，今后我要好好思考一下其他作品的结局了。

李相权：听了您所说的，感觉您在相当长的一段时间里一直都把文学放在心上，并进行了一番深刻的思考。我能感受到您对文学的热情与真挚。特别是在读了 2010 年出版的小说《移葬①》后，这种感觉就更加深切了。"移葬"在全罗道被叫作"密礼"，这个说法现在已经不再使用了。我也曾试图在小说中使用这个说法，好几次都因为这个与编辑起了冲突，但最终还是妥协了。可您不一样，您坚守下来了，可以看出您作为作家，身上是有股执拗劲儿的。今后您也少不了要用到这股执拗劲

---

① 原题直译为"密礼"。——译者注

儿。那您最后还有什么想说的吗?

金仙英:回答了这么多问题,有点担心自己的回答会不会让这部小说变得令人望而却步。感谢您的称赞,让我有些受宠若惊。也感谢您犀利的见解,让我得以重新反思写作的原则——作家一定会在写作时纠结过的地方露出马脚。真是让我受益匪浅。

我将再接再厉,争取写出向青少年世界更进一步的作品。在现实的推波助澜下,孩子们在四边形拳台上为了争夺第一而决一死战,希望我的文字能为孤身奋战的青少年们带去一丝温暖。

图书在版编目（CIP）数据

贩卖时间的商店 /（韩）金仙英著；孙文婕译. -- 南京：江苏凤凰文艺出版社，2024.4
ISBN 978-7-5594-8543-4

Ⅰ. ①贩… Ⅱ. ①金… ②孙… Ⅲ. ①长篇小说 – 韩国 – 现代 Ⅳ. ① I312.645

中国国家版本馆 CIP 数据核字（2024）第 092262 号

著作权合同登记号 图进字：10-2024-70

Copyright©2012 by Seon-young Kim
All Rights Reserved.
Original Korean edition published by Jaeum & Moeum Publishing Co.
Simplified Chinese Character translation rights arranged through YOUBOOK AGENCY,CHINA

贩卖时间的商店

[韩] 金仙英 著　孙文婕 译

责任编辑	项雷达
特约编辑	王雨亭　陈思宇
装帧设计	扁　舟
责任印制	杨　丹
出版发行	江苏凤凰文艺出版社
	南京市中央路 165 号，邮编：210009
网　　址	http://www.jswenyi.com
印　　刷	天津鑫旭阳印刷有限公司
开　　本	880 毫米 × 1230 毫米 1/32
印　　张	8
字　　数	152 千字
版　　次	2024 年 4 月第 1 版
印　　次	2024 年 4 月第 1 次印刷
书　　号	ISBN 978-7-5594-8543-4
定　　价	42.00 元

江苏凤凰文艺版图书凡印刷、装订错误，可向出版社调换，联系电话025-83280257